行走的电波

广播新闻作品集

索朗达杰/罗布次仁
德庆白珍/等著

西藏人民出版社

图书在版编目（CIP）数据

行走的电波 / 索朗达杰，罗布次仁，德庆白珍编著
拉萨：西藏人民出版社，2014.12
ISBN 978－7－223－04596－4

Ⅰ. 行… Ⅱ. ①索… ②罗… ③德… Ⅲ. 新闻报道
－作品集－中国－当代
Ⅳ.I253

中国版本图书馆CIP数据核字（2014）第275617号

行走的电波

编　　著　索朗达杰　罗布次仁　德庆白珍
责任编辑　阚元汉
封面设计　格次
出版发行　西藏人民出版社（拉萨市林廓北路20号）
印　　刷　西藏山水印务技术有限公司
开　　本　850×1168　1/32
印　　张　8
字　　数　150千
版　　次　2014年12月第1版
印　　次　2014年12月第 1次印刷
印　　数　01－1,000
书　　号　ISBN978－7－223－04596－4
定　　价　25.00元

西藏站四位记者在山南采访时合影

记者索朗达杰在林芝县蔬菜基地采访

记者索朗达杰在林芝采访群众

记者罗布次仁采访珞巴族纺织技法传承人亚新

记者德庆白珍采访观看拉萨雪顿节哲蚌寺展佛活动的入藏游客

记者罗布次仁采访那曲最大的苯教寺庙鲁普寺僧人

记者德庆白珍采访大型实景剧《文成公主》演员

新生代记者普布次仁采访那曲牧民

我们走过的路(代序)

旺　堆

中央人民广播电台、中国国际广播电台驻西藏记者站成立于1982年5月,是目前中央两台唯一一支由少数民族记者组成并能用藏、汉两种语言采发新闻的记者队伍。西藏站成立以来一直承担着中央人民广播电台和中国国际广播电台的对内对外宣传报道任务。

30多年来,西藏记者站紧密配合党中央的战略部署,紧密配合西藏自治区党委、政府的中心工作和各个阶段的工作部署,全体记者以昂扬进取的精神和深入采访的作风,克服高原艰苦的气候和生活条件,及时反映西藏高原发生的点滴变化,出色地完成了"宣传报道、反映情况、联系群众"的三大任务,把西藏的声音传遍了世界。

在这30多年的历程中,西藏记者站50多次被评为广播电影电视部、中央电台、国际电台和西藏自治区的先进集体;1999年,国务院授予西藏站"全国民族团结进步模范单位"称号;先后50多人次被评为先进个人,其中有荣获"范长江新闻奖"、"全国优秀新闻工作者"、"八十年代全国优秀大学毕业生"、"全国民族地区杰出青年"、"全国广播影视系统先进工作者"、"全国民族团结进步模范个人"、全国宣传文化系统“四个一批”人才、奥运火炬手等称号，其中两位同志享受国务院颁发的政府特殊津贴。近千篇稿件荣获中国新闻奖、中国广播电视新闻奖、中国残疾人好新闻奖、全国政协好新闻奖、全国综合治理好新闻奖、全国广播电视新闻奖对外“彩虹奖”等多项全国性奖项。

目录

二〇一一年

西藏农牧民演话剧《农奴泪》历史铭记珍惜现在

中国之声《新闻和报纸摘要》报道：

西藏山南地区群众自编自演话剧《农奴泪》，庆祝"3·28"百万农奴解放纪念日，以铭记历史，珍惜现在。请听记者索朗达杰、罗布次仁、德庆白珍的报道。

山南地区克松村是西藏民主改革后第一个成立农村党支部的村庄。为庆祝1959年西藏民主改革百万农奴翻身获得解放，克松村村民自编自演了话剧《农奴泪》，再现了民主改革前克松庄园农奴倍受剥削压迫的真实故事。村民白玛扎西饰演了主人公农奴赤列多吉。

白玛扎西：这个角色，我越演越纠心，感受到以前的长辈们生活在这样悲惨的环境中，演着演着自己就哭出来了。

《农奴泪》的出演，在西藏引起了强烈的共鸣。洛桑老人说这就是我们以前的生活，应该让更多的人看到，铭记幸福生活来之不易。

洛桑：很遗憾我们最好的时光都在给农奴主卖力，但在共产党的领导下，现在的生活非常幸福。一定要教育下一代珍惜现在。

50多年来，在中国共产党的领导下，克松百姓的生活发生了巨大的变化。克松村党支部副书记张小波在筹备话剧服装时感受深刻。

张小波:现在生活好了,贵族的衣服很好找,随便哪个老百姓家里拿件服装都可以当贵族的,农奴的服装根本不好找,老百姓现在的衣服都很新吧,没办法就用石头磨,上面做个补丁,这样做出来的。

西藏率先实现"新农保"全覆盖惠及221万农牧民

中国之声《新闻和报纸摘要》报道：

2010年，西藏在全国率先实现新型农村养老保险制度全覆盖，惠及221万农牧民。记者德庆白珍、罗布次仁、索朗达杰：

西藏扎囊县扎唐村的次旦老人，今年（2011年）已经73岁高龄了。按照新型农村社会养老保险政策，他不需要上缴任何费用每月就能领取55元的基础养老金，到现在已经领取了900多元，这对于生活并不宽裕的次旦一家无疑是雪中送炭。

次旦：从来没有想过，这么老了，政府还愿意养我们，给我们减轻了很大负担。现在村里都是争先恐后地去报名参保，家里两个孩子也都缴费参保了。

2009年，西藏山南地区扎囊县作为西藏首批新农保试点县之一，迅速启动了新农保参保人员的登记和信息采录工作。仅仅一年多的时间，近8成农牧民登记参保，个人缴费近百万元。

扎囊县人力资源和社会保障局副局长多吉：我们一宣传这个政策老百姓就非常欢迎，认为这个确确实实是国家为老百姓出台的非常好的政策。

通过首批试点到逐步扩大范围,2010年底,新农保在西藏已覆盖全区县(市、区)农业总人口221万人,这与全国推行新农保的时间表相比,提前了10年。西藏自治区人力资源和社会保障厅副厅长卢海元说,西藏因地制宜地设置了100元到500元五个档次的缴费标准,政府对参保人员给予每人每年30元的缴费补贴,极大地调动了广大农牧民参保的积极性。

卢海元:截止2010年底,全区23.52万60周岁以上的农牧民全部领取了基础养老金,共计7631.55万元,发放率达100%。适龄参保人员已参保登记85.8万人,参保率达76.5%,创造了养老保险制度扩面速度的世界奇迹。

"十一五"期间,西藏民生投入达到521亿元,其中社会保障支出增长了3.2倍。目前,以养老、医疗、工伤、失业、生育五大保险和社会救助、救济等为主的社会保障体系逐步完善。2011年,西藏将全面推进城镇居民基本养老保险制度,基本实现人人享有社会保障的目标。

西藏交通建设成果显著
农牧民出行更加便利

中国之声《新闻和报纸摘要》报道：

过去5年间，是西藏自治区交通建设投资最多、发展速度最快、建设成就最突出的时期。全区交通建设预计完成投资260亿元人民币，超过2005年以前55年投资额的总和，基本解决了农牧民群众出行难问题。记者罗布次仁、德庆白珍、索朗达杰：

山南交通运输管理处处长胡恒林这两天正在办理新开辟县内农村客运班线的审批工作。他说，以前没有人愿意跑的偏远乡村班线，现在开始有人申请运营。

胡恒林："现在我们已经开通了下江乡、邱多乡，还有加查县的西贡乡，已经做出了3台车的许可啦，政府都给了补贴了，对想跑农村客运班线的人来说的话，诱惑力还是比较大的。"

山南地区是西藏农村道路通达率、农村客运市场发展较好的地区之一。但截止去年底，山南地区村级客运班线通车率只有55%，一半以上行政村的农牧民群众乘车出行的问题没有得到解决。胡恒林告诉记者：

"开辟农村客运班线难度比较大，因为都是比较偏远的农村，道路的状况不是很好，群众的出行量不大，一些经营者在没有利润的情况下停止了运输。”

为突破西藏农村客运市场发展难题，有效缓解偏远乡村经济发展瓶颈，今年西藏专门出台了《关于扶持农村客运班线发展的意见》，决定对营运里程 70% 在县、乡道的车辆，由西藏自治区财政给予 3 年责任险投保补贴，发放农村客运燃油补贴并按车型给予每月最高 1400 元人民币的客运经营补贴。一年财政用于农村客运补贴资金将达到 876 万元多人民币。

西藏自治区交通厅副厅长索朗群佩表示：“十二五期间，使建制村客运班线覆盖率由目前的 40% 提高到 60%，通邮路乡镇班线履盖率达到 100%，充分满足当地农牧民出行需求。”

今后 5 年，西藏还将继续加大交通运输的建设投资力度，规划投资 498.9 亿元，用于提升经济干线的通畅水平、农村公路和交通运输枢纽的建设。到 2015 年，西藏公路通车里程将达到 7 万公里，届时交通瓶颈将逐步得到解决，将会有利于西藏能源产业、特色产业以及旅游业的进一步发展。

守护西藏残疾孤儿的蓝天

中国之声《新闻和报纸摘要》报道：

播音员：拉萨市彩泉福利学校校长强巴遵珠，用爱对西藏残疾孤儿不舍不弃，用心传承西藏民族手工工艺，让残疾孤儿在发扬民族手工工艺中实现生命的价值。请听记者德庆白珍、郑凯的报道：

音响01（上课声）：拉萨市彩泉福利学校学生正在上缝纫课，除了学习全国同步的教学大纲外，这是特别为他们安排的手工课程。校长强巴遵珠：

音响02（藏语压混）："学校现在在校学生有148名，其中一半以上是孤儿和残疾儿童，我们安排了义务教育学习，供他们正常升学，安排了手工课程帮助他们在这个领域实现就业。"

1980年，强巴遵珠所在的拉萨市城关区制鞋一厂濒临破产，年轻骨干纷纷跳槽，剩下清一色的老弱病残。想到他们的生活和未来，强巴遵珠毅然接手该厂，将全部心血投入到了工厂的发展上，在西藏逐渐走出了一条企业养学校的民办福利路。彩泉福利民族手工业有限公司正是福利学校的企业。公司副经理卓玛：

音响03："我们企业一年的销售利润额是13万元，其中30%用于学校的生活经费,40%用来给企业的职工发放工资,而职工86%以上都是我们福利学校毕业的残疾人和孤儿。”

音响04(作业声):强巴遵珠的彩泉福利民族手工业公司既是厂子,也是残疾孤儿的社会实践基地、就业基地,更是西藏传统手工业的传承基地。国家级非物质文化遗产藏纸制作、藏戏面具、藏香、民族服饰等等从这里走向西藏的旅游市场。央金拉姆从福利学校一毕业就在公司工作。

音响05:“我们是强巴遵珠爸爸一手培养长大成人,而我们能为西藏传统文化发扬光大贡献力量,这让我们的生活充满意义和价值。我们非常感激爸爸。”

1993年彩泉福利学校正式创办以来,283名残疾儿童、孤儿和西藏特困生在这里得到平等的生活学习机会,已有134人成功走进社会,享受精彩的人生。强巴遵珠倾尽心血为西藏残疾儿童和孤儿撑起了属于他们的蓝天。

强巴遵珠:

音响06(藏语压混):“刚建学校时,我说过能培养出一名大学生我就满足了,但现在已毕业和在读的大学生有32个,还有我们彩泉小孩的好的品德得到了其他学校和社会的认可,这些正是我期待的,也是最令我欣慰的。”

拉萨创文明之城百姓共享成果

中国之声《新闻和报纸摘要》报道：

播音员：拉萨市在创建全国文明城市进程中，从百姓最关心、最需要、最期盼的事情着手，大力改善居住环境，提高社会保障水平，百姓生活幸福感明显增强。请听记者德庆白珍的报道：

音响01（现场声）：拉萨市江苏东路公园刚一开放，就吸引了附近群众扶老携幼到这儿嬉戏散步。这已是在拉萨建成的第49座公园。拉萨市园林绿化局副局长曹桂荣：

音响02：（我们的市民出去500米或者1000米就能享受到一个公园，绿化覆盖率人均达到了9.82平方米，做到了四季常绿。）

拉萨开展创建全国文明城市工作以来，不断推进拉萨经济社会跨越式发展进程，一方面完善城市功能，一方面在农牧区实施以安居工程为突破口的新农村建设，使22万农牧民实现了安居梦。拉萨市堆龙德庆县羊达乡农民阿琼家，五口人生活在400多平米的两层藏式小楼房，生活非常幸福：

音响03（藏语压混）：（政府给补贴建了这么好的房，配套的水、电、公路等都到家了，利用地理优势孩子跑运输，家里年收入有10万多元，我们农民的生活变化非常大。)

作为一个多民族聚居的城市，拉萨市不断推进民族团结进步事业，形成了各民族大团结的良好局面。拉萨八廓街鲁固委居委会是一个有46户人家的大院，8户是藏、汉、回族的团结家庭，和睦共处近30年。安徽小伙庞俊帮娶了藏族姑娘扎桑后就在这里安了家：

音响04：(我们这个院子是非常稳定非常和谐的，有谁需要什么帮忙就主动过来帮忙，我在这边呆久了吧，现在交流、沟通都非常和谐，我准备在这里安家，不准备回去了。)

在创建文明城市建设中，拉萨各项社会事业发展资金保持在总支出的40%以上，坚持每年为群众办12件实事，拉萨市已连续四年获得"百姓幸福感最强城市"第一名。

拉萨市市长多吉次珠：

音响05：(我们这里没有堵车、没有污染、房价五年零增长，有最蓝的天、最清的水，孩子上学不要钱，非常方便。这里的人民特别心向文明，热爱祖国，我们都很幸福。)

西藏各族各界群众隆重纪念
庆祝和平解放60周年

中国之声《新闻和报纸摘要》报道：

今天是西藏和平解放协议签署60周年纪念日。西藏各族各界群众举行形式多样的活动庆祝和平解放60周年。记者德庆白珍、罗布次仁报道：

音响01（升国旗现场声）：60年前的今天，中央政府和西藏地方政府共同签订西藏和平解放协议，开辟了西藏社会发展的新道路，翻开了西藏历史崭新的一页。

今天，西藏各族各界代表聚集在布达拉宫广场，通过升国旗、唱国歌，向西藏和平解放纪念碑敬献花篮等方式，纪念西藏和平解放60周年，庆祝西藏人民60年来与日俱变的幸福生活。

群众尼玛次仁：

音响02："我家是祖祖辈辈当佣人的，没有人身自由。解放以后，我们得到了新生，并送到内地学习培养。所以今天专门穿上藏装，过去想都不敢想穿这么好的衣服，纪念这个伟大的节日。也是对祖国的热爱、更热爱我们自己的西藏。"

60年来，建设社会主义新西藏的伟大事业取得了辉煌的成就。在全国率先实现了覆盖城乡的免费义务教育,率先实现了城镇居民医疗保险、新型农村养老保险和农牧区最低生活保障等制度的全覆盖。西藏自治区党校普布次仁教授认为,和平解放使西藏实现了两个伟大的跨越:

音响03:“一个是社会制度的伟大跨越,百万翻身农奴从原来的农奴变成了国家的主人,能够自由地管理国家和社会事业。一个是经济社会发展的历史跨越。1959年西藏的国内生产总值只有1亿多一点,去年是507亿,这就充分说明了给西藏人民带来的实惠和好处。”

西藏现代化发展之路

中国之声《新闻和报纸摘要》报道：

1951 年，西藏和平解放协议的签订，使西藏各族人民获得了翻身解放。60 年来，政治制度的变革，把西藏引向了现代化发展之路，实现了几十年跨越上千年的历史巨变。

记者德庆白珍、罗布次仁报道：

音响 01（现场声）：

这是西藏山南地区克松村村民正在自编自演话剧《农奴泪》。它讲述和再现了和平解放以前，克松庄园农奴倍受剥削压迫的真实故事。洛桑老人是话剧的编剧之一，他说，再现历史、教育群众、歌颂祖国是排演《农奴泪》的初衷。

音响 02（藏语压混）："话剧演的，就是我们以前的生活。在那个封建农奴制社会，百姓过着世代为奴，一无所有的悲惨生活。现在想想也会感到很揪心。"

西藏和平解放以前，在政教合一的封建农奴制度下，三大领主占有西藏的绝大部分土地、草场和牲畜。占西藏人口 95% 的农奴阶级，没有人权，没有自由，终日为农奴主负担着沉重的差役租税。西藏自治区党校副校长普布次仁教授认为，1951 年和平解放开启了西藏迈向现代化的大门。

音响 03："应该说西藏和平解放 60 年来，在整个西藏社会制度的变革和经济跨越式发展上经历了这么四个大的历史事件。第一个是和平解放。西藏的和平解放是中国革命的重要组成部分，为西藏与全国一起实现现代化发展开辟了一个广阔的前景。”

第二个是民主改革。1959 年，西藏少数上层反动势力，为了维护政教合一的封建农奴制度，发动叛乱抗拒社会制度的改革。中国共产党领导西藏各族人民平息叛乱并对西藏社会制度进行了波澜壮阔的民主改革。

音响 04：“民主改革的胜利完成，标志着西藏实现了社会制度的伟大跨越，这是真正意义上的“人的解放”、“生产力的解放”，为西藏的现代化发展开辟了崭新的道路。”

第三个是实行民族区域自治。1965 年西藏自治区第一届人民代表大会第一次会议召开，西藏自治区成立，标志着民族区域自治制度在西藏正式确立，为西藏现代化发展提供了强有力的制度保障。

第四个是进入跨越式发展，实现长治久安。改革开放以来，在党的领导下，西藏的现代化建设事业进入了跨越式发展的重要时期。

西藏自治区党校普布次仁教授：

音响 05：“这中间先后召开了五次西藏工作座谈会。确定了西藏跨越式发展和长治久安的战战略目标。对使西藏与全国同步实现全面建设小康社会的奋斗目标应该说具有非常重要的意义。”

西藏经济步入快速发展历史轨道

中国之声《新闻和报纸摘要》报道：

主持人：和平解放以来，随着社会制度的变革，西藏经济步入了快速发展的道路。2010 年西藏生产总值达到了 500 多亿元，比 1951 年增长了 100 多倍，创造了短短 60 年跨越上千年的人间奇迹。

记者索朗达杰、罗布次仁、德庆白珍：

音响 01（藏语压混）：这里有上百种藏式服装，传统的、现代的，各种款式都有。

在拉萨最繁华的八角街，提起老北京商店的名号，无人不知、无人不晓。作为旧西藏为数不多的汉族商家的后代之一，尼玛宗吉一家在这里经营服饰生意已有 60 余年。

音响 02（藏语压混）：我们奶奶是从河北过来的，那时经营的也就是内衣之类的小品种，而且大部分都是自家缝制出售，规模很小。但现在群众对传统民族服饰越来越讲究，品种的更换率太快啦，稍微跟不上，你可能就被市场给淘汰啦。

八角街作为西藏经济文化中心，见证着西藏经济社会的跨越与变迁，新西藏手工作坊、工商业在这里蓬勃发展。目前，方圆 10000 多平方米的八角街街区聚集着 1500 多家商铺，成为各路商家竞相追逐的宝地。

夏萨苏居委会书记多吉占堆：

音响03（藏语压混）：以前生活主要是靠外出打工或者出售一些简单的传统手工艺品。但如今大家都自己开铺做买卖，去年我们的年人均收入达到5000元，而在三年前还是3000元。现在只愁没地方了，不然争着抢着要在这里开店经营。

和平解放以来，中央政府一直真切地关注西藏人民的生存权和发展权，先后召开五次西藏工作座谈会，出台了一系列扶持西藏发展的特殊政策。仅“十五”以来，国家用于西藏固定资产投资就超过1000多亿元，建设实施了青藏铁路、巴河雪卡电站等297个重大项目，为西藏经济发展注入了新的活力。西藏自治区政府主席白玛赤林：

音响04：一是经济实力大幅跃升。1951年，全区生产总值仅有1.29亿元，2010年达到507.46亿元，按可比价格计算，比1951年增长了111.8倍。二是人民生活显著改善。在旧西藏，广大农奴和奴隶一无所有。2010年，全区所有住房条件较差的农牧民都住上了安居新房；农牧民人均纯收入达到4138元。我见证了西藏由贫穷、封闭、落后到文明进步、发展繁荣的历史性跨越。

六十年民生工程造福西藏百姓

中国之声《新闻和报纸摘要》报道：

播音员：为了促进西藏社会事业的发展，和平解放60年来，中央出台了75项各类财政补助政策，使西藏百姓享受到了最全国最优惠的民生政策。记者德庆白珍、罗布次仁报道：

音响01："大家好，我们现在参观的是…压混"得益于西藏安居工程的建设，拉萨市曲水县江村村民德庆卓嘎家从原来的山沟里搬到了拉萨到贡嘎机场的公路沿线上。利用地理优势，她办起了江村民俗家访旅游。

音响02(藏语压混)：(现在房子大了、干净了，完全可以接待游客体验我们老百姓的生活，老公外出打工，我在家里办家访，赚双份的钱，日子过得越来越好。)

2006年起，中央和西藏投入资金170亿元，实施以农房改造、游牧民定居和扶贫搬迁为重点的农牧民安居工程，27.5万户143万农牧民像德庆卓嘎一样住上了安全适用的新房。

60年来，中央和自治区始终把保障和改善民生作为工作的出发点和落脚点，一系列针对性强、覆盖面广的政策惠及百姓。目前，西藏所有农牧民子女从学前教育到高中教育均享受到每人每年 2000 元的“三包”经费。十一五末，自治区在全国率先全面实现了新型农村基本养老保险的全覆盖；教育、医疗、社保投入逐年增加，五大保险为核心的社会保险体系基本建立。一项项民生大单使广大百姓生活质量和水平明显提高。

西藏自治区党委书记张庆黎：

音响 03：（过去几年，我们光用在民生上的支出就达到了 521 亿元。教育支出增长了 1.1 倍，医疗卫生支出增长了 2.9 倍，社会保障支出增长了 3.2 倍。现在 73 个县全部实现了普九，适龄儿童入学率达到 99.2%，农村免费医疗补助标准 05 是 80 元现在是 180 元，我们这里的老百姓享受优惠政策的面是全国最广的档次也是最高的。）

六十年西藏文化熠熠生辉

中国之声《新闻和报纸摘要》报道(记者德庆白珍、罗布次仁):

(博物馆文物介绍声)(这是1951年5月23号,中央人民政府和西藏……)

为了使前来参观的游客和市民详细了解西藏的历史文化,西藏自治区博物馆馆长扎西达瓦总会亲自讲解各种馆藏文物和其背后的历史故事。扎西达瓦介绍说,目前西藏博物馆的馆藏文物达到4万多件,涵盖了从史前出土的文物到当代艺术品。

“像我们博物馆的建立也是为了发展少数民族的优秀传统文化、保护和传承优秀文化而采取的重大举措。90年代建立以来,很多优秀的传统文化在我们博物馆得到了保护和发展弘扬。”

(格萨尔片断、压混)《格萨尔王传》是目前所知世界上最长的说唱史诗。早在80年代国家就成立专门机构,抢救整理《格萨尔王传》。

西藏自治区社会科学院民俗研究所所长次仁平措:

“由一个艺人说唱的比较完整的格萨尔史诗,到目前为止我们一共录制了45部49本书2114个小时,突破了世界史诗最长的纪录，它填补了迄今为止由一个艺人说唱比较完整故事的空白。”

西藏民主改革以来，国家安排巨资保护西藏文物，先后对布达拉宫、罗布林卡和萨迦寺等重点文物古迹实施修缮，对近百万件各类馆藏文物登记造册。西藏共有76项代表作、53人入选国家级非物质文化遗产代表作名录和非物质文化遗产项目代表性传承人。六十年来，西藏的公共文化服务体系也日益完善，目前初步形成区、地、县、乡村5级文化设施网络，县县有综合文化活动中心，全区广播电视综合覆盖率分别达到90%以上。

拉萨市林周县卡孜乡农民次仁罗布：

（藏语压混）“现在坐在家里能收听40多个电视和广播频道，而且我们村每月都有两场电影，这不但丰富了我们农民日常的精神文化需求，也开阔了眼界，感觉非常的幸福。”

生态雪域　魅力西藏

中国之声《新闻和报纸摘要》报道：

和平解放60年来，在党和国家的高度重视下，西藏生态环境得到了有效的保护，西藏仍然是世界上环境质量最好的地区之一。采制记者索朗达杰、罗布次仁德庆白珍：

音响01（出河边林地水鸟声的音效，混播）：

（记者口播）居住在拉萨河边的次旺晋美，与众多市民一样每天清晨到河边晨练欣赏成群的黄鸭、鸳鸯在水面嬉戏翻飞，成了他多年的生活习惯。

音响02（藏语数秒后混播）："从上个世纪九十年代开始，政府加大环保力度，人们的环保意识也不断增强，一些以前消失的鸟类又重新回到了这里，而且鸟的数量也很多。我作为一个拉萨市民，能看到母亲河畔有这样如诗如画的美景，心里特别舒服。"

西藏是我国生物多样性最丰富的省区之一。和平解放60年来，党和国家高度重视西藏生态环境的保护与建设。仅"十一五"期间，西藏投入资金100多亿元，先后实施了天然林保护、退耕还林、自然保护区建设等工程。建立了各类自然保护区47个，将超过1/3的土地纳入了自然保护区范围，125种野生脊椎动物列入了国家重点保护野生动物，占全国重点保护野生动物总数的三分之一以上。

西藏自治区人大主任向巴平措：

音响03："西藏没有任何物种遭到灭绝。相反，生物种类还在不断的丰富，西藏的生态环境基本保持了原生态状态。我们要像保护自己的眼睛一样爱护西藏的山山水水、一草一木，为了保护生态环境，我们连挖金子都不干。"

2009年2月，国务院审议通过了《西藏生态安全屏障保护与建设规划》，提出用近5个五年规划，投入资金155亿元，实施3大类10项生态环境保护与建设工程，到2030年基本建成西藏生态安全屏幕障。西藏自治区环保厅副厅长江白介绍说，目前各项工程已开始全面实施。

音响04：总体而言，全区水、气、声、土壤、辐射和生态环境质量一直保持在良好状态，西藏仍然是世界上环境质量最好的地区之一。

西藏社保体系基本建立
百姓幸福感明显增强

中国之声《新闻和报纸摘要》报道：

主播："十一五"期间，西藏不断完善五大社会保险体系，城乡基本医疗保险和新型农村养老保险在全国率先实现全覆盖，百姓生活幸福感明显增强。

记者索朗达杰、德庆白珍报道：

对于拉萨市蔡公堂乡二组的巴桑老人来说，过去几年最幸福的事莫过于他作为西藏首批新农保基础养老金发放对象，每月都领取60元的养老金。

音响01（藏语压混）："我人老了，根本没有能力下地干活，靠着儿女，家里生活负担很重。没想到政府对我们无微不至，发放养老金，现在家里变得很和睦，生活很幸福。"

2009年底，新型农村社会养老保险在全国开始试点后，西藏自治区相关部门立即开展了这项工作，通过首批试点到逐步扩大范围，去年底西藏已覆盖全区县（市、区）农业总人口230万人，这与全国推行新农保的时间表相比，提前了10年。

西藏人力资源和社会保障厅厅长姚瑞峰：

音响02："十一五期间，我们感到最欣慰的是全区率先全面实现了新型农村基本养老保险的全覆盖。同时,全面开展了城镇居民基本医疗保险,我们还通过政府购买开发了15700个公益性岗位,解决了一大批城镇就业困难人员的就业问题。这些举措说明政府心系着老百姓。”

过去五年,西藏始终把保障和改善民生做为西藏工作的出发点和落脚点,大幅增加教育、医疗卫生、社会保障等社会事业方面的投入,全面改善了西藏百姓的生活质量和水平。

西藏自治区党委书记张庆黎:

音响03:“过去五年,我们光用在民生上的就达到了521亿元,其中,社会保障支出增长了3.2倍。我们这里的老百姓享受优惠政策的面是全国最广的档次也是最高的。”

目前,西藏基本养老保险、医疗保险、失业保险实现了自治区级统筹,基本建立了以五大保险为核心的社会保险体系。“十二五”西藏将继续健全社会保障体系。

西藏人力资源和社会保障厅厅长姚瑞峰:

音响04:“十二五”期间,迫在眉睫的我们需要建立一个强大的科技信息网络体系,以便了解哪个地区有什么需求,以及实现医疗保险异地结算,让老百姓感到幸福指数更高,服务更贴心。”

西藏农牧民子女“三包”免费教育体系基本建立

中国之声《新闻和报纸摘要》报道：

从今年起，西藏全面扩大教育“三包”政策覆盖面，农牧民子女从幼儿园到高中的“三包”免费教育体系基本建立。记者德庆白珍报道：

音响01（全校通报政策声压混）：

近日，拉萨中学向全校师生通报了本学期起就读高中的农牧民子女补助全面提高的新政策。听到这一消息，高一七班的学生白玛曲珍激动不已。

音响02：“我听到这样的消息就觉得非常高兴，现在我不用交那么多学费的话，爸爸也会觉得有一点点轻松吧。对我们农民的子女来说，它真的是一件好事。”

白玛曲珍出生在拉萨市堆龙德庆县羊达乡普布钦村一个贫困的家庭。去年白玛曲珍以优异的成绩考入了拉萨中学高中部，姐姐又考上了藏医学院，高额的学杂费给原本就不富裕的家庭造成了更大的困扰。

音响03：“姐姐上大学要交4000多块学费，我也是交了1000块，我觉得学费不够，妈妈说她在银行里借了两万多，以后我上大学的时候，不一定得起学费。”

为解决更多像白玛曲珍这样的贫困家庭孩子上学问

题，巩固提高九年义务教育水平，完善高中教育阶段资助体系，西藏自治区党委政府做出决定，今年起将“包吃、包住、包学习费用”的“三包”政策覆盖面从九年义务教育扩大到农牧区学前教育和高中教育阶段。学前教育阶段农牧民子女将享受到每年每生2000元的补助，高中教育阶段农牧民子女享受每年每生2000元的“三包”标准。

拉萨中学校长唐泽辉：

音响04：“大概一个孩子一年2000元生活补助。这样的话，对孩子来说压力也越来越少。以后农牧民的孩子，包括床单、被套等等，这些都是由国家承担了，调动了农牧民孩子上更高一级学校。因为贫困而辍学的问题完全可以摆脱了。”

为加快发展西藏教育事业，早在1985年，国家就在西藏农牧区中小学校实施教育“三包”制度，极大地调动了农牧民子女上学的积极性。“十一五”期间，西藏小学、初中入学率分别达到了99.2%和98.2%，全面完成两基攻坚任务，基础教育步入了新的发展阶段。

新的三包政策将原来义务教育阶段“三包”经费标准从最初每年每生210元提高到了今年的2000元，这已是第9次提高“三包”经费标准。

西藏自治区教育厅巡视员多吉才旺：

音响05：“新政策实施后，2011年农牧子女学前教育补助、义务教育和高中教育阶段‘三包’经费总量将达到10.107亿余元，其中净增4.9亿余元。受教育补贴的社会面从27万人扩大到50多万人。”

西藏农牧民医疗条件显著改善
50年人均寿命提高近一倍

中国之声《新闻和报纸摘要》报道：

主播：和平解放以来，国家一直对西藏实行免费医疗制度、不断改善医疗设施，并对医疗人才实行全国对口支援，有效改善了广大农牧民的卫生医疗条件。请听记者德庆白珍、罗布次仁的报道：

索朗白姆在达孜县医院住院生孩子，但办理出院手续时，不仅1000多元的费用全部给予报销，还领到了30元的住院分娩一次性奖金，这让她喜出望外。

音响01："我们母子平安，还不用花一分钱，反而给我们补助，真是太感激了。"

改革开放以来，国家已累计拨款超过18亿元用于发展西藏医疗卫生事业，基本健全了覆盖城乡的医疗卫生服务网络，使基层群众的就医条件得到显著改善。据数据显示，西藏孕产妇及婴儿死亡率与和平解放初期相比，分别下降了59.2%和76.5%，人均寿命则从35.5岁上升到了现在的67岁，提高了近一倍。

达孜县医院业务副院长杨江州说：

音响02："现在药品多，设备也比以前齐，住院分娩率逐年在提升。现在基本上老百姓小病不出乡、一般病不出县、疑难病到拉萨就基本可以解决。”

2003年西藏全面建立了以免费医疗为基础的农牧区医疗制度，全区农牧民每年缴纳不低于10元的个人筹资，就可以在各级医疗机构报销住院费用的60%以上。去年，免费医疗年人均补助标准已提高到了140元。

西藏自治区卫生厅基层卫生与妇幼保健处处长王建鹏：

音响03：“我们农牧区医疗基金使用率在70%，甚至从乡镇卫生院这一级来看我们最高可以报85%，85%的住院费都给老百姓报。2010年，报销补偿标准封顶线提高到当地农牧民年人均纯收入水平的6倍以上，提高到将近2万。”

退休不褪色的共产党员——格桑旺金

中国之声《新闻和报纸摘要》报道：

专题报道《退休不褪色的共产党员——格桑旺金》，采制中央台记者索朗达杰、张孝成：

（红歌压混）

正在排练红歌的拉萨师范专科学校青年教师韩春霞珍藏着一份讲稿，讲稿是用汉语写成的，作者叫格桑旺金，一位经历了新旧西藏历史变迁的耄耋老人。

录音：他的讲稿？对，讲稿。全都是用手写的，而且一写就是二十多页，主要是讲和平解放、民主改革之后西藏发生的翻天覆地的变化。

格桑旺金出生贫寒，幼年时在旧西藏贵族家里做童工。西藏和平解放让穷苦人翻了身，格桑旺金被选送到内地学习、入党，后来成为西藏大学副校长。

1997 年退休后，看到社会上流传一些颠倒历史的虚假宣传，格桑旺金毅然奔走在大中专院校和驻藏部队，做编外历史辅导，用亲身经历揭露旧西藏的黑暗，用事实、用数据展示新西藏日新月异的变化。

录音：我们没有经受过农奴黑暗社会的那种剥削压迫，但是通过他的真实的例子让我们感觉到能够有宽敞明亮的教室，能够做自己喜欢做的事情，真的很幸福。

编外辅导过程中，格桑旺金多次受到民族分裂分子电话威胁。但他用事实、用亲身经历引导、教育年轻人认清历史、直面现实的愿望一直没有改变。即使卧病在床，老人依然壮心不已。

录音：只有了解历史，才能认清未来。我有责任教育后代不要忘记旧社会，更不应该忘记共产党领导下的新社会带来的甜蜜的新生活。

雪域高原上的民营企业领军人

中国之声《新闻和报纸摘要》报道：

民营企业、拉萨城关区市政工程公司领军人索朗，带领藏族员工闯市场，承建了拉萨市近一半道路。由于重质量、守信誉，他们闯出了一条致富路。请听记者旺堆、许云的报道：

6月，拉萨市城关区市政工程公司所承建的好几个项目正进入竣工收尾阶段，索朗像年轻人一样忙进忙出，不知疲倦。

索朗：刚刚我们交工的是大昭寺项目，整个维修是我们做的，领导们和寺庙的喇嘛们都夸奖了，说我们做得很好。

1997年，索朗刚刚担任总经理时，公司的经济效益并不理想。他积极参与各大、中型施工项目的投标竞争，先后承接了北京东路、康昂东路等拉萨市重要的市政工程，这些年公司修建了拉萨差不多一半的道路。为了保证工程的质量和进度，索朗亲自在工地指挥。

公司副总经理次旦：

反正不管是大的项目也好，小的项目也好，他都要亲自去工地上，几乎每隔两天去一次，去看现场、进度、质量，以及员工的生活怎么样。

目前公司已发展成为拉萨最大的一家民营企业，但索朗从没忘记回报社会。这些年，公司捐赠教育、扶贫等公益事业已达2600多万元。

索朗：自己的企业已经发展到这样的规模，离不开党的政策。作为整个西藏企业界的代表，我参加了十七大，这是我心里最感动的，是一辈子忘不掉的事情。

传播西藏文化的空中使者

——记我国首个藏族航空乘务员

中国之声《新闻和报纸摘要》报道：

播音员：德庆央宗——第一个藏族航空乘务员，飞行16年来，始终不渝地向乘客介绍西藏真实的发展，在空中建起各民族文化沟通的桥梁。记者德庆白珍、蒋琦报道：

音响01：“藏族是与人为善、非常含蓄的民族。西藏不管是古老文化……渐压混”在生活中，德庆央宗总爱情不自禁地说起类似的话，因为这些话她在空中，已经说了十六年。

音响02：“我们在航班上，当人们看到我的服务牌上看到我的名字是四个字，知道我是藏族，就会延伸到西藏的文化发展跟我聊。”

1997年，刚满18岁的德庆央宗被中国国际航空公司录用，成为西藏第一个空中小姐。她在每一段行程中，除了提供优质的乘客服务外，还多了一份解答乘客咨询西藏的特殊任务，当起了美丽的空中文化使者。

音响03：“慢慢心里有一种感觉，文化之间的差异或者生活背景不一样，很容易让人误会。我要让自己更好地做好藏汉文化、西藏文化和国外文化沟通的桥梁，从自己的举手投足、潜移默化让他们知道真正的西藏是什么样的。”

作为第一代空姐，德庆央宗被人们亲切地称为“西藏的名片”。去年 8 月听到西藏航空公司要成立，她立即放弃了在国航 16 年的飞行生涯和广阔前景，到西藏航空公司任职，在新的岗位上继续传播西藏文化。

德庆央宗：

音响 04：“西藏航空是西藏组建的第一家航空公司，我特别想为家乡做点事情。就是把以前掌握到的经验能够‘传帮代’交给新的一代。尽量地付出，因为能付出就说明你对西藏、对西藏航空是一个有用之人。”

西藏桑木村民的读书生活

中国之声《新闻和报纸摘要》报道：

主播："农家书屋"在西藏广袤农村的出现，开启了西藏农牧民从热爱看书到依靠书籍增收致富的新生活。请听记者旺堆、德庆白珍的报道：

音响01："开门声"

拉萨市堆龙德庆县东嘎镇桑木村的"农家书屋"就建在109国道边上。每天上午9:00，达娃次仁就会准时地开门迎接一天看书借书的村民。

达娃次仁：

音响02："他们很喜欢看书，有时候我在村里工作，也要叫我过去开门借书。老百姓急急忙忙过来借书看书的情形，我自己来说很高兴。"

音响03（翻登记簿声、压混）：达娃次仁是桑木村党支部副书记，也是村里农家书屋的管理员。他的图书借阅登记薄上清楚地记录着，书屋开放两年半来借看书的人次达到1.5万之多。书屋这才开门，就来了一位叫次旺罗布的六旬老人。

音响04（藏语压混）："我每周至少要来三次，因为看不看书差别可大了。以前我家的牛养了四年才能卖到500元一头,后来看书知道怎么养改良牛,现在养一年就能卖3000多元。”

2008年,西藏农家书屋试点建设工作开展以来,已有2000多个行政村建起了农家书屋。达娃次仁说,从实用科技图书到各国历史、到西藏文艺……丰富的藏文书籍对村民的吸引力非常大,直接影响了群众的生活习惯。

音响05:“有了农家书屋,打麻将的少了。猪啊鸡啊疾病的防治,自己学会了,也就不叫兽医了,(兽医)可以说是下岗了。老百姓在书屋学的多,懂得多,就致富了,致富了以后更愿意学习。效果很好。”

雪域高原的兽医世家

中国之声《新闻和报纸摘要》报道（记者罗布次仁报道）：

音响01：奶牛叫声（渐压混播）

在西藏日喀则地区白朗县牲畜养殖经营基地，基地负责人次多说起，西藏自治区蓄科所副所长色珠引进娟珊牛，改良本地黄牛，让群众致富的事情如数家珍。

音响02（藏语压混）：

我们养过很多改良品种，但是跟这个品种比起来，悬殊太大了，每户年均增收达2749多元。百姓都把它当宝贝。

色珠出生在当雄县一个颇有名气的兽医世家，受家庭的熏陶，从小就立志做一名兽医。

音响03：那时我感觉到父亲做这些事很疲惫，东抓一个西抓一个，虽然有效果，但是从理论归纳的角度还是没有的。当时我就这么想，要是能做一名既有技术又会使用药物给动物治病的医生该有多好。

1974年，面对众多的选择，色珠毅然决然地报考了西藏农牧学院兽医专业，从此一干便是30多年。30多年来，色珠秉持科技为民的理念，带领科研团队先后完成了30多项国家和自治区、国际合作科研项目，攻克了"断牙"病等众多西藏农牧区高死亡率疾病课题。为了更好地继承祖辈流传的技能，2009年色珠又劝说小儿子罗布顿珠放弃步入北京邮电大学就读的机会，转而报考了西藏农牧学院兽医专业。

罗布顿珠：

音响04：刚开始来的时候还是有点后悔，但现在觉得畜牧兽医是自己家族的一个事业，所以自己也必须继承这个职业，现在不后悔。

色珠说，自己是牧民的女儿，心灵深处能够切身感触到他们的需求，为了这一点再大的牺牲也是值得的。

音响05：家族和兽医工作确实有缘，所以大家也是非常乐意做这个兽医。虽然很累、很辛苦待遇也低，个别人也有偏见，但是大家都没有什么怨言。

糌粑状元罗布丹增

中国之声《新闻和报纸摘要》报道：

主播：罗布丹增是西藏日喀则地区白朗县一位普通农民，16年来他借助农村扶贫贷款的优惠政策，将手工糌粑作坊发展成为西藏特色产业龙头企业之一，人们亲切地称之为"糌粑老板"。采制记者张英林、罗布次仁：

音响01（劳动歌……渐压）：

走进白朗县"罗丹"糌粑加工厂，一股淡淡的青稞香味迎面扑来。几十名工人哼着小曲围绕着飞速旋转的水磨边，将一袋袋新鲜出炉的糌粑，装袋封口。厂长罗布丹增介绍说，虽然他们加班加点地生产，但还是远远不能满足市场需求。

音响02（藏语压混）：我们一天的糌粑产量是一万四千多斤，都销往拉萨和日喀则，可是这两天已经断货啦。各地咨询发货日期的电话接连不断，我着急得连觉都睡不踏实。

1999年，世代务农的罗布丹增偶然发现"小"糌粑里孕育着大商机，便投入18万元在当地办起了第一家糌粑加工厂，并为自己的糌粑注册了一个响亮的商标"洛丹"牌糌粑。经过十几年的发展，罗布丹增的小作坊如今成为资产上千万元的白朗康桑农产品发展有限公司。2010年公司的总收入达到了1700多万元，成为西藏特色产业龙头企业之一。罗布丹增说，这一切都得益于农村扶贫贷款的优惠政策。

音响03（藏语压混）：在创业过程中我遇到了很多次资金短缺问题，每次都是农行及时伸出援手，帮我渡过了难关。并且利息全是财政贴补的，更加激发了我创办企业的信心。

中国农业银行西藏分行三农金融部总经理普穷次仁介绍说，“十一五”期间，西藏分行累计发放扶贫贷款44.57亿元，比“十五”增长了1.21倍，115万农牧民享受到了扶贫贷款的优惠。

音响04：西藏这几年其他贷款利率调整，但是扶贫贷款利率没有调整，一直都是1.08%，而全国其他地区的扶贫贷款利率是3%，比全国其他地区的贷款利率约低两个百分点，这是中央给西藏人民非常优惠的政策，所以老百姓非常受欢迎。

二〇一二年

【走进西藏】西藏：盛开在雪域高原的甲塞梅朵

中国之声《新闻和报纸摘要》:6 月 15 日

西藏林芝米林县南伊沟风景区，一支边防女警巡查队成为一道亮丽的风景线。

记者：你们是每天都要这么巡逻吗？

所长：是，每天走一遍，游客多的话就是上午一遍、下午一遍。

记者：要走多长的距离？

所长：从派出所到景区大门口的话有将近三公里。从这个大门口再到景区里面的话就有 14 公里。

南伊边防派出所在西藏是第一个也是唯一一个以女干警为主体的边防派出所，珞巴妇女达娃卓玛在景区经营小生意，在她心中，女干警就是她的亲人。

达娃卓玛：反正她们给我们讲的都是有道理的。卖给游客的东西要干净，价格按规定要公道，假的货源不能进。她们经常到这边来看望啊，感谢她们。

驻守在海拔 3000 米左右的高原克服高原反应，对姑娘们是不小的考验，他们被当地人称为“高原玫瑰”——“甲塞梅朵”。

女警:从前跑一圈,慢慢跑两圈、三圈,现在跑个6、7圈没问题。三公里应该是随便跑。刚来的时候跑完了以后喘得很厉害,现在跑完三公里以后能说能笑。

"情动珞巴,守护南伊"。在珞巴人热情的双眼中,看到了甲塞梅朵的温暖美丽。

女警:我们就是要爱民固边,对祖国的驻守是我们肩上义不容辞的责任。我希望通过我们的坚守,让我们珞巴同胞的日子一天比一天更好!

【走进西藏】探访珞巴多彩文化

中国之声《新闻和报纸摘要》:6 月 16 日

聚居西藏林芝地区南伊珞巴民族乡的珞巴族是我国人口最少的民族之一。由于只有语言没有文字以及文化传承人才的衔接断层,珞巴族众多传统文化一度面临失传的危险。近年来,国家出台政策,抢救、保护扶持这一珍贵的民族文化。

走进南伊珞巴民族乡才召村,一曲悠扬的史诗吟唱声伴随着微风从远处的山谷间缓缓飘来。今年 82 岁高龄的亚夏老阿妈,盘腿打坐在草地上,为围坐在身边的珞巴族妇女,逐字逐句地传授着米林珞巴族始祖传说阿巴达尼的故事。

亚夏:现在上了年纪的还能吟唱一些,但也不全,年轻人几乎都不会。这是我们民族文化的根基,失去了太可惜。

近年来,随着西藏特色产品推介活动的不断加大以及林芝旅游产业井喷式的发展,珞巴特色文化越来越受到人们的关注。然而,依托丰富的林下资源,旅游服务、经营虫草以及劳动力转移带来的可观经济收入与参加文化传承耗时长、经济效益低之间的反差,造成了珞巴文化新生传承人才断层现象。

洛巴族百姓：男士服装，不算手工费，大概需要3000多元，需要在家半年左右的收入。而在外面打工一天（工资）是80元到100元，最低80元。我们10个人里面，2个人没来。

为了保护珍贵的民族文化，近年来，国家和西藏自治区各级部门以及对口援藏省市先后投入资金160余万元，设立非物质文化遗产传习所、展览馆等基础设施。此外，随着国家非物质文化遗产保护工程的启动，一大批文化项目得到了有效保护。截止到目前，米林县共有16个县级以上的文化遗产保护项目。其中，珞巴族的服饰和始祖传说项目被列入国家级非遗名录。

米林县文化局副局长蒋小平：我们要以产业的形式带动大家（参与文化遗产保护），收入比其他收入更高，（使珞巴族百姓）更有积极性参与。有更多的人传承学习，我们珞巴族文化才能得到更好的保护。

【走进西藏】林芝不闻砍树声 多种经营更富足

中国之声《新闻和报纸摘要》:6 月 17 日

走进林芝县百巴镇章巴村,靠着河边整齐排列着一排排的塑料大棚,这是当地村民种植反季节蔬菜的主要场所,也是他们收入的重要来源。

记者:“像这个大棚没有建立起来的时候,你一年有多少收入?”

村民:“一年一个人的话,三四千左右。”

记者:“那现在有了这个大棚,能让你们一年赚多少钱?”

村民:“最低七八千。”

跟林芝很多地方一样,章巴村以前收入主要靠砍山上的树木、跑点运输来赚钱。国家提出保护生态后,以前靠砍伐树木为生的章巴人,也放下手中的斧头开始种树护林。

林芝地区林业局局长张明:

“通过森林生态效益补偿资金,每人一年人均 1000 元左右,在墨脱县,人均可以达到 2000 块钱左右,今年墨脱县人均要拿到 3200 ~3300 元的效益补偿。”

从砍树人变成种树人,林芝的老百姓不是只有这样一种选择。依靠河水种植大棚蔬菜、依靠公路发展旅游、依靠特色的藏香猪发展养殖业，林芝每一个地方都有不同的发展路子。林芝县农技推广中心主任尼玛次吉说，政府给农民发展提供了最大的支持。

尼玛次吉："就是地膜、化肥、农药全部都要买，政府要掏一半的钱，温室大棚政府把资金出了，大棚修好了才交给老百姓。刚开始不会，政府派人下来培训种植技术，平时还提醒我们什么时候浇水等，我们有问题就给他们打电话。"

有了政府的扶持，放下斧头的林芝人逐渐走出了绿色发展之路，林芝农牧民人均年收入超过 5400 元，位居西藏第一。

【走进西藏】小林芝大目标 高原旅游助推经济发展

中国之声《新闻和报纸摘要》:6 月 18 日

雅鲁藏布江大峡谷,怒吼的江水奔腾下泄,一如藏族汉子的豪迈激情。每天数以千计的游客涌到这里,欣赏大自然的神奇。

游客:"啊,今天亲临到了雅鲁藏布江边上,看到的比我想象的要波澜壮阔得多,这两天拍了很多的照片,我都发到了微博上,没想到发上去以后,这两天我的粉丝是与日俱增啊!"

雅鲁藏布江大峡谷是西藏林芝的著名旅游景点,07 年开始,它和"南伊沟"、"巴松措"等国家级旅游景区一起让当地旅游业走上了快车道。

林芝县旅游局局长王军:"从这几年的情况来看,每年增长 20%,去年我们接待人次是 182 万,收入 13 个亿,今年我们的任务是 220 万人次,旅游收入 16 个亿。"

旅游的蓬勃兴起带动餐饮、养殖、特色种植如雨后春笋般在林芝生根发芽,51 岁的餐馆服务员占堆说,以前打工也不多,一年一个人挣 3000 ~ 元 4000 左右,现在最低最低挣 7000 ~ 8000 元。

林芝县旅游局局长王军说,去年林芝县的旅游业收入已经占到当地 GDP 的 24%,成为绝对的主导产业。

王军:"十二五期间,我们的目标就是要把林芝打造成世界旅游目的地、进藏旅游的集散地。"

【走进西藏】从“输血”到“造血”

——援藏为藏区发展注入强劲动力

中国之声《新闻和报纸摘要》:6 月 19 日

在西藏林芝县米瑞乡姆多村,村民布百指着村口 460 亩绿油油的玉米地说,他们不再担心庄稼被牲畜偷吃了,因为援藏工作队为村里的庄稼地搭建了 3700 米铁丝网围栏。

布百:这下就放心了,反正牦牛进不去,猪也进不去,种了就可以有收获。

布百说,援藏工作队帮助他们解决的都是迫切问题,比如饮水、照明、购买联合收割机。在林芝县鲁朗镇,援藏项目“鲁朗国际旅游小镇”正加紧建设,县长才佳说,这里将打造成藏东南旅游集散中心和西藏重要的旅游目的地。

才佳:这个可以直接带动整个旅游产业,就是要用这个带动整个县将来的发展。

各地援藏工作越来越注重提高当地自我发展能力和长远发展,开建了一大批具有造血功能,能带动农牧民就业、增收的项目,广东省第六批援藏工作队领队李雅林:

李雅林:我们近 50% 的资金投入到了造血项目中。

生命不息　战斗不止

回访李素芝

中国之声《新闻和报纸摘要》报道：

西藏军区总医院院长李素芝，36 年来将自己的青春、热血洒在雪域高原，用真情呵护每一名农牧民患者。中央台记者索朗达杰、罗布次仁报道：

在西藏军区总医院，每次遇到因家庭经济困难而无法就医的农牧民，李素芝总会细心询问病情、了解家庭情况的同时，也会免除他们的所有治疗费用。

李素芝：不管是有钱没钱，都要全心全意的为他们解除病痛。

虽然年过花甲，但救护演练亲自上、病危及疑难重症病人抢救亲自上、偏远艰苦地区巡诊亲自上，是李素芝多年来形成的工作风格。

李素芝：今年元旦期间，我们到工布江达县，每天都要看 1000 多个病人，虽然路途很辛苦、手术看病也很辛苦，能现场解决他们的病痛，我们感到很欣慰。

李素芝和他的团队通过巡诊、医疗扶贫，把党的温暖送到藏区各族群众的心坎上。截至 2011 年，医院发放“免费医疗卡”1.6 万个，比 2004 年增加了 8500 个，年减免医疗费用4800多万元，为地方基层培养全科医生4700名。

李素芝：如果身体好的话我会在西藏继续干下去，生命不息战斗不止，只要是老百姓需要、官兵需要，我会继续战斗到最后。

安居工程引领西藏农牧民过上现代生活

中国之声《新闻和报纸摘要》报道：

随着以安居乐业为突破口的社会主义新农村建设步伐的不断加快，西藏170多万农牧民住上了安全适用的房屋，实现从传统到现代的生活变迁。新春佳节，中央台记者专程走访了牧民次旺的新家。

记者罗布次仁、索朗达杰：

冬天的羌唐草原，白雪茫茫，寒冷彻骨。但我们走进那曲地区申扎县荣那多村牧民次旺的家中，牛粪炉子旺盛的火苗温暖了整个客厅。次旺老人介绍说，以前村民住帐篷、点油灯、出行靠骑马，延续着传统的游牧生活，日子过得很苦。

次旺：那时家里也没有什么值钱的东西，由于住帐篷，过年准备的好吃的食物，风一刮全都沾满土灰。孩子也不能接受很好的教育。

随着西藏新农村建设的实施，申扎乡荣那多村发生着悄然的变化。一幢幢独具牧家格调的藏式房屋星罗棋布地矗立在草原深处，汽车和电冰箱、电视机等现代电器也开始融入牧家生活。次旺老人感慨地说，这一切得益于安居工程的实施。

次旺：牧民盖房国家最低给予2万多块钱的补助，自己只出几千块钱就可以，90%以上的牧民都住上了安居房，实现了定居梦。日子过得越来越红火。

自2006年西藏启动以安居乐业为突破口的社会主义新农村建设以来，国家和自治区累计投入资金180多亿元，完成30多万户农牧民安居工程，惠及了170多万农牧民。特别是国家各种涉农、涉牧补贴政策的落实以及农牧民专业合作经济组织的不断发展壮大，使多渠道增收成为西藏农牧民致富的法宝。西藏自治区政府主席白玛赤林介绍说：

白玛赤林：2011年，农牧民人均纯收入达到4700元，连续9年保持两位数增长。农牧民人均纯收入低于1700元的贫困人口减少到9.4万人。

随着国家资金投入的逐年加大，截至去年，西藏乡、村公路通达率达到99%和86.4%，行政建制村通电率达到69%。尤其是农村教育三包政策面不断扩大和农牧区医疗制度实现了逐步覆盖，西藏农牧民的生活条件得到了有效改善。

西藏自治区发改委副主任马青林表示：

今年专项安排重点项目64个，计划投资170亿元，主要包括农村水、电、路、气、房等农村民生工程。这些重点项目的建设和投入使用，将明显改善农牧区基础设施条件、方便农牧民生产生活、提高农牧民收入。

西藏各族群众载歌载舞
喜迎藏历水龙新年

中国之声《新闻和报纸摘要》报道：

昨天(22日)是藏历水龙新年的大年初一,西藏、青海以及甘肃、四川、云南等地的藏族群众聚居区洋溢着节日的喜庆、祥和、欢乐气氛,大家共话发展、欢度佳节。

记者索朗达杰罗布次仁：

一大早,拉萨市俄杰唐居委会群众端起象征五谷丰登的"切玛"、手捧洁白的哈达,来到辖区便民警务站,为执勤民警送去节日祝福。在居委会大院,警民们开展新年联欢。

藏族居民拥珍：

平时呢他们风里来雨里去,特别辛苦,为稳定做出了不少的贡献,所以今天特意请来他们过来坐一坐。我们很高兴,军民一家嘛。

藏历新年是西藏最隆重的民俗节日,藏戏扎西雪巴开演了,大家在一起庆祝又一个丰收年。去年,西藏农牧民人均纯收入达到4700元,连续9年保持两位数增长,34万农牧民实现安居梦,西藏籍大学生就业渠道不断拓宽。

拉萨师范高等专科学校学工处干事德吉：

我们学校百分之九十以上的生源来自农牧区,放宽了就业的渠道以后，前几年累积下来的待就业的学生，全部实现了就业。他们告诉我今年的这个年过得非常充实、非常开心。

西藏各级文艺团体开展各种送戏下乡活动，为节日文化市场增光添彩。

【新闻特写】西藏——人人享有社会保障

中国之声《新闻和报纸摘要》报道：

位于拉萨北郊的色拉寺是藏传佛教三大寺庙之一，来自西藏各地的400多名僧人常年生活在这里修炼佛法。

记者索朗达杰罗布次仁：

由于户籍管理的限制，色拉寺七成左右的僧众没有纳入医疗保险，看病一度让僧人们犯了难。

僧人强巴扎西："以前得了大病，公立医院会减免一部分，但是大部分医疗费用还得自己承担。"

2011年，西藏自治区出台了《寺庙僧尼参加社会保险暂行办法》，打破户籍限制，年满18周岁的僧尼全部纳入了城镇居民基本医疗保险和社会养老保险。

"比如说医保，每人每年上缴280块，自己只出60块，其余都是政府补贴的。过了60多岁，不用交钱，享受医疗待遇，政府还给你养老金。解决了我们的后顾之忧，我们都非常感激。"

近年来，西藏城乡居民社会保障体系建设取得突破性进展，西藏自治区政府主席白玛赤林介绍说，2011年西藏用于社保就业支出达到47亿元，比同期增长48%以上。

"城镇低保现在每月是400块钱，农村低保每年是

1600 块钱，五保户供养标准每年是 2400 块钱。城乡居民的社会养老保险在全国率先实现了全覆盖，现在就是巩固、提标、提高的问题。”

西藏自治区主席发表百万农奴解放纪念日电视讲话

中国之声《新闻和报纸摘要》报道：

今天是"西藏百万农奴解放纪念日"。西藏自治区主席白玛赤林发表电视讲话,强调在中国共产党的领导下,走社会主义道路,坚决反对分裂,西藏前途无比光明。

记者索朗达杰、罗布次仁：

白玛赤林指出,53年前,中国共产党顺应历史潮流,领导西藏百万农奴,掀起了一场20世纪最为波澜壮阔的群众性"废奴"斗争,彻底摧毁了世界上最后一个封建农奴制堡垒。

白玛赤林:1959年3月28日,是新旧西藏的分水岭,西藏百万农奴翻身得解放,昂首跨步迈入社会主义光辉大道,成为国家的主人。

白玛赤林指出,53年来,西藏经济社会全面发展,2011年西藏生产总值、财政一般预算收入分别是1959年的93.9倍和48.5倍。西藏人口也从122.8万增长到303万。

白玛赤林:2011年西藏籍大学生基本实现全就业,社会保障制度全覆盖,现代化教育体系全面建立,人均寿命从1959年的35.5岁提高到了67岁。

白玛赤林强调，53 年来，西藏经济社会发展的实践证明，只有在中国共产党的领导下，走社会主义道路，西藏才有光明的前途；只有坚决维护国家统一，反对分裂，西藏才能实现跨越式发展和长治久安。无论十四世达赖和达赖集团采取何种伎俩，西藏人民反对分裂、维护国家统一的坚强意志不会改变。

西藏开展形式多样活动庆祝百万农奴解放纪念日

中国之声《新闻和报纸摘要》报道：

西藏各族群众昨天(28日)开展丰富多彩的活动，庆祝西藏百万农奴解放纪念日53周年。

记者索朗达杰罗布次仁：

28日上午10点，西藏各地各级政府机构、各类学校同时举行升国旗、唱国歌仪式，共同纪念53年前中国共产党领导西藏人民开展民主改革运动，彻底废除西藏封建农奴制的伟大壮举。

哲蚌寺僧人阿旺曲增：

“我们百万农奴翻身成为国家的主人，享有政治权利并通过自身努力体现自己的人身价值，幸福地生活着，所以我感到非常高兴。”

拉萨市各级学校通过报告会、图片展等内容丰富、形式多样的活动庆祝西藏百万农奴解放纪念日。

拉萨市雪小学学生丹增达次：

好好学习，报答祖国。

西藏自治区主席白玛赤林介绍说，2011年西藏生产总值达到605.83亿元，财政一般预算收入达到54.7亿元，按可比价计算,分别是1959年的93.9倍和48.5倍,西藏人均预期寿命从1959年的35.5岁提高到了67岁。

白玛赤林:西藏的发展进步是党中央、国务院特殊关怀、大力支持的结果,西藏各族人民永远铭记在心。

【万里欢歌】西藏自治区今年全面启动全民健康体检工程

中国之声《新闻和报纸摘要》报道：

西藏自治区今年全面启动全民健康体检工程，让农牧民在家门口享受特色医疗服务。

记者索朗达杰、西藏台记者德吉：

听说县人民医院要来开展免费体检活动，西藏山南地区隆子县热荣乡热荣村的村民们一大早就纷纷抱着孩子、扶着老人赶到村委会大院，排着队等待接受体检。村民格桑美朵得知自己血压等健康指标正常时，舒了一口气。

格桑美朵："我最近身体不太舒服，一直想做个检查，可医院离我们太远了。现在医生上门为我们免费体检，真是太高兴了。"

在西藏，农牧民"小病拖成大病，大病拖成重病"的情况时有发生，归根究底，是因为农牧区医疗卫生工作相对薄弱、农牧民群众健康意识淡薄。针对这种情况，西藏自治区确定要在今年底前完成全区 274 万农牧民的体检，并为每一个农牧民建立一个"健康档案"，做到"早发现、早诊断、早治疗"，为全区农牧民牢牢构筑起一道具有西藏特色、功能齐全、运转协调、保障有力的"健康预警防线"。

西藏自治区卫生厅厅长普布卓玛："农牧区医疗的保障水平明显提高。重大传染病、地方病和高山病的预防和治疗工作也在推进。"

时代先锋:“民有所呼、我有所应”的队长李江龙

中国之声《新闻和报纸摘要》报道:

西藏山南地委宣传部驻加查县惹米村工作队队长李江龙,满腔热忱服务基层,用38岁的年轻生命树起一座共产党员立党为公、执政为民的不朽丰碑。

记者罗布次仁:

不久前,在惹米村,伴随着机器的轰鸣声村里的粮油加工坊破土动工。正当人们欢庆之时,老支书格桑次仁却默默落泪:“以前,村民要到几十公里外的县城去加工粮油,很不方便。现在多年的夙愿实现了,但是李部长却不在了。这是他用生命换来的,我们永远忘不了。”

“民有所呼、我有所应”是李江龙一贯的工作作风。驻村一年来,他带领工作队走村入户搞调研、谋发展,针对惹米村基础设施落后的现状,他和村民一起修路疏渠,同时,筹资上百万元实施了一大批短平快惠民项目。

今年7月18号,李江龙在协调惠民项目途中,因车祸不幸遇难。在整理李江龙遗物时,人们发现有一本三万多字的调研笔记,详细记载着发展惹米村集体经济的规划蓝图以及众多民生工程。

工作队队员陈奎胜：

“现在，他离开我们了，我们要把他生前没有完成的各项工作完成好。”

西藏5400个驻村工作队深入一线为群众办实事、解难事

中国之声《新闻和报纸摘要》报道：

西藏自治区开展以“爱国、团结、和谐、发展、文明”为主题的核心价值观宣传教育活动，5400多个驻村工作队深入一线为群众办实事、解难事。

记者罗布次仁、普布次仁：

今晨的西藏格外寒冷，拉萨市乃琼镇岗德林村的村民们一边品味着酥油茶的飘香，一边在村居委会参观驻村工作队展出的新旧西藏对比的展板。

工作队队长马蓉清：

开展价值观教育，通过新旧对比的照片，过去是什么样的现在是什么样的，一个鲜明的新旧社会的对比，很直观。老百姓现在非常喜欢来看，爱国理想在这里已经蔚然地形成了。

2011年10月以来，驻村工作队深入田间地头，为群众落实农田排水、自来水改造、道路维修等项目，拓宽增收渠道，让群众切实感受到了党和政府的温暖。

岗巴村村民阿努：

现在党中央的政策这么好，生病了能享受医疗保险，他们来了以后拓宽了我们的增收渠道，我家卖蔬菜的收入十分丰厚，一年好几万呢！我们真的很幸福。

西藏非公经济成为助推经济发展生力军

中国之声《新闻和报纸摘要》报道：

西藏非公组织发展增速连续六年居全国首位，非公经济目前已成为助推当地经济发展的生力军。

记者罗布次仁、索朗达杰，西藏台记者王栋：

伴随着高原的晨光，曲水县村民米玛骑着新买的摩托车沿着拉萨河前往曲水雅江工业园区上班。米玛说，虽然离家远了点，但收入比原来提高了一大截。

米玛：以前靠种地一年收入也就几千块钱。进了工业园区以后，我一个人的工资就有两万多块钱，加上种地的收入，日子过的很幸福。

米玛所在的曲水雅江工业园区是拉萨最大的非公经济聚集区之一。2006 年，由水发挥临近拉萨的城郊优势开始了由粮食作物种植向发展特色工业的经济结构性转变。曲水县工信局局长冯林介绍说，目前，已有 65 家企业入驻园区。

冯林：65 家企业吸纳当地农牧民职工 2000 人左右，工资最低都在 1800 元以上，带动当地群众增收 5000 多万元。

西藏金哈达药业公司作为首批入驻的企业之一，从没有一个藏药批号、依靠贴牌经营维持的小厂发展到拥有7个国家准字号的藏医药领头企业，8年的创业历程，公司总经理扎西东智有着别样的感慨。

扎西东智：得益于政府解决了很多燃眉之急，我们所有的产品才能够进行研发和销售。

截止到2011年年底，西藏非公经济占市场主体的95%以上，个体私营等非公组织发展增速连续六年位居全国首位。尤其是2011年非公经济"非禁即入"引进政策的放宽以及"五放"政策的出台，为西藏非公经济的新一轮提速注入了强劲的动力。

西藏自治区工商联主席阿沛晋源：

从税收、金融、土地、工商注册等环节提出了一些量化的优惠政策，对于我区非公经济的发展，将起到一个很强的催生、孵化、助推的作用。

西藏自治区社科院经济战略研究所助理研究员何纲认为，非公经济的崛起对促进经济健康持续发展将发挥重要的作用。

何纲：非公经济以多种形式参与国有和集体企业的产权改革，促进了国有企业的产权流动和资产重组，加速了所有制结构的调整和优化。

【十八大代表风采录】

草原牧民的贴心书记——代表阿梅

中国之声《新闻和报纸摘要》报道：

阿梅是西藏那曲地区巴青县拉西镇党委书记。2007年，26岁的阿梅刚担任乡长时，作为西藏重要的虫草产区，巴青乡还是贫穷落后的乡镇。

记者罗布次仁、普布次仁：

阿梅："赌博的、酗酒闹事的特别多，我刚来的时候不管外地做生意的还是当地老百姓都说，一个女的，年龄又小，完了，我们巴青乡完了。就这么说的。"

面对质疑，阿梅没有退缩。五年中，她走遍了辖区26个自然村，组织32户牧民开办了巴青县第一个村民经济合作组织，引导群众改良牦牛品种，人均年增收3200多元。

藏族群众说，阿梅是他们的贴心书记和主心骨，不管生活上、经济上他们碰到什么困难，阿梅都会努力帮助他们解决。

作为十八大代表，阿梅穿梭在草场帐篷间，用心感悟着藏北牧民的喜悦与期盼，思索着基层群众的冷暖问题。

阿梅："只要跟老百姓在一起工作，我就感觉很幸福。我在党旗面前宣誓过，这是我应该做的。"

【中国湿地报告】

麦地卡——我守望的家

中国之声《新闻和报纸摘要》报道：

记者跟在嘎珠身后，沿着措拉湖畔跌跌撞撞地走着，嘎珠说他每天沿着措拉湖巡逻一圈，天气好的时候两个小时，天气不好可能要花上四个多小时。

记者：我现在站在海拔5100米的西藏麦地卡湿地，这片近20万公顷的广袤土地，108个高原湖泊如明珠般镶嵌，随处可见在草甸上觅食的沙鸥，奔跑的藏狐狸，50岁的嘎珠负责的是措拉湖区域的日常巡逻。

嘎珠：带上糌粑，以前巡逻还会带上点青稞酒，我是生在这儿长在这儿的，看见国家投了这么多钱来帮助我们保护我们的家，心里高兴，我不能因为稍微辛苦一点，就不干了，不能那样！

嘎珠告诉记者，即便是生病了，嘎珠也会让身边八岁的小儿子代替他去巡湖、转山。

嘎珠：看见以前保护过的水鸟再飞回这里，孵蛋，然后这些新孵出来的小水鸟第二年还会回来，心里就特别高兴。

每一座山，每一片湖，每一棵草，都是大自然赐给人类的礼物。鸟儿是嘎珠的孩子，麦地卡就是嘎珠的家。

【中国湿地报告】

旅游开发为纳木措的未来带来隐忧

中国之声《新闻和报纸摘要》报道：

我国第二大咸水湖纳木措，近些年成为中外游客向往的旅游胜地。然而，旅游开发也给这座纯净的“天湖”的未来带来了隐忧。

纳木措是藏区的四大圣湖之一。蓝蓝的天，洁白的云，映衬出纳木措的圣洁、高贵和宁静。在藏族人眼中，纳木措是一座神湖。

“我们的纳木措就是一个神湖，传说中念青唐古拉和纳木措是一对夫妇，纳木措是圣女多吉旁姆的一个形象。”

纳木措分属当雄和班戈两县，去年就吸引了50多万中外游客不远万里游览海拔4718米的纳木措。在湖边，我们遇到了专程从江苏来纳木措拍摄婚纱照的徐先生和他的爱人。

记者：你们为什么会选择来到海拔这么高的一个地方来拍婚纱照？

徐先生：在我们的印象中间，这里是最神圣的地方。确实太美了，人真的是在画中。

徐夫人：在这边拍婚纱照，应该是天下所有女人的幸运，也是一种幸福。

神圣的纳木措给当地带来了每年 7～8 千万的旅游收入，然而旅游开发却给纳木措的环境带来了隐忧。当雄县环保局局长尼嘎介绍说，每年游客留下的生活垃圾达到 2300 吨，而目前处理垃圾的方式只是简单的填埋。

尼嘎：压力最大的就是生活垃圾，一年 2300 吨生活垃圾。至关重要的保护就是原始生态的保护。

纳木措，这个悬在天上的神湖，她的未来能否还能像今天一样的纯净、圣洁成为悬在我们心中的担忧。

游客：我希望还是不要过度开发。

游客：我希望我们所有的人都必须尊重自然，爱护她、保护她，合理地享受她、利用她。

二〇一三年

西藏帮扶贫困群众温暖百姓心

中国之声《新闻和报纸摘要》报道：

西藏自治区和甘肃省把尽快提高贫困群众生活水平作为紧迫任务，派干部推动脱贫，巧投入带动致富，温暖百姓心。

记者德庆白珍、普布次仁、孟永辉、张磊、焦健：

西藏阿里地区才扎村没有柏油路，没有自来水，没有电，生活物资都要从130多公里外的县城去购买。驻村工作队进入才扎村后的第一件事就是修路。

我脚下这条被整修过的路就是以前才扎村有名的“彩色”路。这是一条村民取水的必经之路，拖拉机常常陷在泥沙路面，村民有时把衣服垫到车轮下，各色衣服被车轮搅成碎片和泥沙混杂在一起，久而久之便形成了一条看似“彩色”的路。

村民旺扎：

“驻村工作队带头整修这条让我们苦恼多年的路。现在出门方便了。他们后来还帮助村里打了两口水井，建了太能阳电站和简易通信基站，村民的生活变化可大了。”

如今，在西藏广袤的土地上，驻村干部的身影随处可见。自治区财政每年为5000多个驻村工作队每个队安排专项资金 10 万元，用于为基层和群众办实事。短短一年的时间，西藏五千多个行政村生气勃勃，焕然一新。

连日的降温降雪让甘肃省会宁县的大小山梁白雪覆盖，寒气袭人，而钟家岔村村民张文研却守在自家新建的养殖场边，一会儿添草、一会儿打扫圈舍，忙得头上都冒出了汗。他说，自己是村里挂了号的特困户，一家五口一年收入不足一万元。想要发展养殖业，却苦于没有担保、贷不到款。在得知他的困难后，当地政府立即为他协调贴息贷款八万元，购置了小尾寒羊。

“第一年嘛，少养点，养上三十只，第二年准备养上五十只，第三年养上一百只，逐渐达到规模化的养殖。确实有底了，也有很大的信心。”

甘肃省扶贫办副主任张森介绍，针对部分产业和项目资金流转周期短、数额较小的实际情况，省财政垫资上亿元，开设“村民互助银行”，给每个村 15 到 20 万元的启动资金，再由扶贫单位、企业和村民共同参股，只要村民有资金需求，互相担保就可以随时支取。

“比方说他要养个牛啊，可以在这里借五千块钱买头母牛来发展，挣下钱了还掉，另外一个户又借上。再比方你要外出打工，借上这么三千块钱的路费，打工回来再还，这些钱就一直在村上滚动。”

2012 年，国务院扶贫办将甘肃省两千五百多个贫困村纳入“十二五”扶贫开发整村推进项目。中央和省级财政已投入 36 亿元。2012 年甘肃农民人均纯收入将达到 4495 元，同比增长 15%。

凝心聚力新征程 永葆西藏碧水蓝天

中国之声《新闻和报纸摘要》报道：

党的十八大报告强调建设生态文明，是关系人民福祉、关乎民族未来的长远大计。作为我国重要的生态保护区，西藏多措并举守护着雪域的碧水蓝天。请听记者索朗达杰、德庆白珍的报道：

每天在拉萨河边上步行晨练，是嘎珠老人生活的必修内容。

“这么多的鸟聚集在这里，说明我们拉萨的生态越来越好。生态好了那我们的心情自然也好啦。”

然而拉萨河下游的曲水工业园区内，负责入园企业资质审查的曲水县工信局局长冯琳却显得异常严肃。冯琳介绍说，2008 年曲水实施农业大县向工业强县产业战略的转变，曲水工业园区已经成为众多商家投资兴业的热土。

“我们谈的企业里面，每年有三到五家，因为环境达不到要求被拒之门外。从 08 年开始有 10 家左右投资至少是 20 个亿以上。我们不能为了发展牺牲环境，牺牲子孙后代的利益来发展。我们既要发展同时也要保护环境。”

西藏自治区林业厅野生动物保护处副处长桑培旺杰向记者介绍，西藏的目标是打造一道生态安全屏障。

“80 年代以前藏羚羊只有 5 万多只，目前发展到 14 万多只。为保护野生动物建立了自治区级以上的 18 个自然保护区 其中国家级的 8 个，自然保护区占西藏国土面积的三分之一。”

缓解电力供需矛盾，青藏交直流联网工程造福雪域群众

中国之声《新闻和报纸摘要》报道：

被誉为“电力天路”的青藏交直流联网工程，极大地缓解了西藏电力供需矛盾，造福雪域高原各族群众。

记者罗布次仁、德庆白珍、西藏台记者王栋：

坐落在拉萨市林周县的青藏交直流联网工程国家电网拉萨换流站是迄今为止世界上海拔最高也是高寒地区电压等级最高、规模最大的换流站。自 2011 年投入运行以来，极大地缓解了西藏电力供需矛盾。

家住拉萨市城关区幸福新村的居民仁增卓嘎对此深有体会：“拉萨用电比较紧张，常常会停电，尤其是小孩功课紧张时，只能在蜡烛或油灯下做作业。2011 年以来，家里停电的次数明显减少了，给我们生活带来了很多方便。”

青藏交直流联网工程的投入运行，受益的不仅仅是居民，更有一大批曾让电于民的工矿企业。西藏高争建材股份有限公司是藏中电网的第一大用户，2011 年以前为了保证居民用电，每年的 12 月到来年的 3 月，都要限电停产。如今，电力供应得到了有效保障，产值也得到了大幅度增加。

公司副总经理董志升：去年，总产值增加了近5000多万元，利润增加了700多万元，员工收入与同期相比上升12%。

青藏交直流联网工程，结束了西藏电网孤网的历史，有效解决了西藏长期存在的缺电问题。

西藏自治区副主席丁业现：特别是进入冬季用电高峰期以来，每天送电量达到300万千瓦时以上，已成为藏中电网保障冬春季电力供应的主要力量。

西藏各族群众喜庆藏历水蛇新年

中国之声《新闻和报纸摘要》报道：

昨天(11日)农历正月初二恰逢藏历水蛇新年。各地藏族群众品美食、互致“扎西德勒”，度过一年中最重要的民俗节日。

记者赵铁骑、索朗达杰、德庆白珍、普布次仁：

家住拉萨市第七安居院内的平措朗杰，一大早就招呼家人坐进厅堂，开始简单而庄重的初一仪式。朗杰依次端上“切玛”、“人参果饭”和“青稞酒”一一敬献给家里的老老少少。他说这预示着祈求新的一年吉祥美满。

平措朗杰：现在生活节奏变得很快，但这些传统仪式我们都是照行不误，一来是对生活的感恩，二来是对未来的祝福。所以我们都很看重。

按照传统习俗，藏历新年每户都布置一新。鲜艳的经幡和门窗上的彩布随风舞动，相互拜年的“扎西德勒”声充溢在古城的大庭小院。

布达拉宫脚下的龙王潭公园歌舞升平，文化部门组织的文艺演出不仅仅吸引了藏族群众，还有来西藏体验藏历新年的内地游客前来观看。

来自广东的杨女士：赶上过藏历年，过来感受一下。酥油茶很不错，他们做的那个烙饼也很好吃的。

由于今年的藏历新年和春节只差一天，全国各地趁春节假期来西藏的游客明显增加。

西藏环球旅行社达瓦：很多游客都喜欢融入当地老百姓的生活，一起参加年夜饭、唱歌，一起跳锅庄舞。藏历年期间来西藏感受一下西藏文化的客人相对平时来说比较多。

在武汉西藏中学，同学们换上节日的盛装，手里托着装满酥油拌成的糌粑、炒麦粒、人参果等食品的"切玛"盒，在宿舍间相互串门拜年。15岁的卓玛次仁、贡觉拉增和米玛同住一寝室，穿着色彩鲜艳的藏族服饰。

记者：寝室装扮的很漂亮。

藏族学生：我们都是一起想一起动手做的。

记者：在家里过年的时候也是这么多好吃的吗？

藏族学生：嗯，比这个还多，都各种特色，西藏特产。

记者：今天早上和爸爸妈妈通电话了吗？跟你怎么说的？

藏族学生：他们说要我好好学习，新年要快快乐乐的过。

随着欢快的乐曲，藏族同学们和老师们一起跳起藏族的锅庄舞。武汉西藏中学生活老师黄燕今年已经连续三年在学校陪孩子们过藏历新年。

黄燕：要说比自己的孩子还重要一些，他们的爸爸妈妈都不能陪他们过年，就是我们陪他们过年，反正跟他们在一起蛮快乐的！

武汉西藏中学校长彭开云说,虽然不少孩子今年不能回家,但在武汉过节,他们仍然能感受到温暖和幸福。

彭开云:共同吃年饭,孩子们都吃的非常开心,同时也把孩子们接到教师家里去,共同来度过我们传统的藏历新年。

去年西藏13.5万贫困农牧民群众摘掉“穷帽子”

中国之声《新闻和报纸摘要》报道：

全国唯一省级集中连片贫困地区、新一轮扶贫攻坚重点地区的西藏自治区积极探索“中国特色、西藏特点”扶贫道路，着力建设扶贫体系。去年，国家和自治区投入9亿多元扶贫开发资金，13.5万名农牧民脱贫。

记者索朗达杰、罗布次仁、西藏台记者王腾：

（音响压混）

去年底，拉萨市城关区纳金乡农民达瓦在市里红旗路的馒头店开业了。

（出录音）

“每天做几锅馒头？”

“生意好的话，五锅。”

“现在每天卖多少馒头？”

“二百元左右。”

“每天可以赚多少钱？”

“一百多。”（录音止）

这个店是拉萨市扶贫农发办的一个帮扶到户项目。此前，因为没有一技之长，达瓦一直在打零工，收入很低。去年,拉萨市扶贫农发办免费为他进行面点培训,还送来炊具等生产设备,帮他开了这家馒头店。在重点帮助贫困群众脱贫的同时,西藏各地注重引导农业开发项目区群众抓增收。过去两年,山南地区乃东县投资6400多万元用于农业开发,建设了2.4万亩高标准农田。昔日“靠天吃饭”的庄稼地,如今成了“旱涝保收”的良田。

乃东县扶贫农发办副主任次仁达瓦:(出录音)

“原来项目区水渠也是土渠,耕地也不规整,农业机械作业率非常低,有些机械开不进去;现在开发以后,田成方,机耕道、水渠、农田林网,都是配套的。这两年里群众人均增收1600多元,项目区的老百姓非常欢迎。”(录音止)

一手抓扶贫,一手促农发,去年,西藏“抓两头、带中间”农村发展战略效果显著。

自治区扶贫农发办副主任丹增:(出录音)

“全区扶贫开发和农业综合开发共落实国家财政资金13.25亿元,比上年增长30.67%,帮助13.5万名贫困群众脱贫,农业开发产业化经营业项目区,农牧民人均增收600元以上。”(录音止)

西藏提出,力争在三年内,使贫困地区农牧民人均纯收入增长幅度高于全区平均水平,年均超过15%;再帮助53万以上扶贫对象脱贫,使扶贫对象占农牧区总人口的比例降到12%以下。

西藏将在三年内实现孤儿和五保户全部集中供养

中国之声《新闻和报纸摘要》报道：

西藏自治区结合本地实际，积极发展社会福利事业，将在三年内实现孤儿和五保户全部集中供养。

记者索朗达杰、西藏台记者曲桑吉、罗华：

走进拉萨达孜县社会福利院，映入眼帘的是一排排带着小院的房子。老人们有的晒太阳、有的锻炼身体，悠闲中透着无比的惬意。目前，有120名五保老人在这里安度晚年。74岁的伦珠旺姆老人热情地向记者介绍自己的幸福生活。

音响01（藏语压混）：我在这里住了三四年了，现在不用为衣食担忧，健健康康的，再多享几年福。

达孜县社会福利院等社会福利机构基础设施的建设，是近年来西藏社会福利事业取得长足发展的一个缩影。2012年，西藏已完成民政部资助儿童福利院、社会福利中心等建设项目17个，落实资金2020万元；落实自治区本级福利彩票公益金5319万元，资助新建和续建社会福利项目40多个。

今年西藏将继续推进社会福利事业发展，实施好儿童福利院规划调整和新建工作，启动自治区老年护理院建设，完成日喀则、那曲地区老年护理院建设等项目，争取全区农村五保户集中供养率达到50%以上。

西藏自治区民政厅社会福利和社会事务处处长李建宁：

音响02：从2013年开始，通过三年的努力，要实现全区5576名孤儿全部集中供养。全区的“五保户”14993人，通过三年的时间，实现百分之百的集中供养。

洛桑江村发表“西藏百万农奴解放纪念日”电视讲话

中国之声《新闻和报纸摘要》报道：

主播：今天是“3·28”西藏百万农奴解放纪念日。54年前，中国共产党领导的西藏民主改革，彻底摧毁了政教合一的封建农奴制度，百万农奴从此不再遭受农奴主的压迫和统治，真正成为了国家的主人。民主改革开启了西藏从黑暗走向光明、从落后走向进步、从贫穷走向富裕、从专制走向民主、从封闭走向开放的崭新时代。昨天(27日)晚上，西藏自治区政府主席洛桑江村发表“西藏百万农奴解放纪念日”电视讲话。请听记者原杰、德庆白珍的报道：

洛桑江村指出，54年来，在党中央的亲切关怀和全国人民的大力援助下，西藏各族人民在社会主义康庄大道上团结奋斗、阔步前进，各项事业取得了举世瞩目的伟大成就，创造了短短几十年跨越上千年的人间奇迹。

音响01：“经济实现了跨越式发展，全区生产总值达到695.58亿元，按可比价格计算，是1959年的100多倍，连续20年保持两位数增长。基础设施建设实现历史性的突破，人民生活显著改善，社会事业全面进步，生态保护与建设不断加强，西藏仍是世界上生态环境保护最好的地区之一。”

洛桑江村说，西藏各族人民从新旧西藏的巨大对比中深刻体会到，没有共产党就没有社会主义新西藏，就没有西藏各族人民幸福美好的新生活。面对十四世达赖集团处心积虑的渗透破坏，洛桑江村表示：

音响 02：“西藏是祖国不可分割的一部分的历史事实不会改变，西藏各族人民自觉维护祖国统一、维护民族团结的坚强意志不会改变，西藏的天永远翻不了。”

洛桑江村指出，站在新的历史起点上，西藏始终高举中国特色社会主义伟大旗帜，坚定不移地走有中国特色、西藏特点的发展路子，紧紧围绕党中央明确的“一个中心、两件大事、四个确保”，推进西藏跨越式发展和长治久安。

音响 03：“进一步打牢农牧业和基础设施两个基础，突出特色产业和生态文明建设两个重点，强化民生改善和基本公共服务两个保障，增强改革开放和对口支援两个动力，强化科技和人才两个支撑，为建设富裕西藏、和谐西藏、幸福西藏、法治西藏、文明西藏、美丽西藏而努力奋斗。”

西藏各族各界今天庆祝百万农奴解放54周年

中国之声《新闻和报纸摘要》报道：

主播：今天是西藏百万农奴解放纪念日，西藏各族各界开展各种纪念活动，庆祝西藏百万农奴解放54周年。

中央台记者索朗达杰、罗布次仁、德庆白珍：

（出现场声、压混）

三千多名西藏各族各界代表今天上午聚集在拉萨布达拉宫广场升国旗、唱国歌，庆祝西藏百万农奴解放54周年。69岁的阿南老人在旧西藏生活了14年，他说：

（出藏语音响、压混）“我们要铭记历史，珍惜今天的美好生活。”（录音止，出现场声、压混）

以“历史的选择、人民的节日”为主题的群众文艺演出在拉萨各大社区上演。俄杰唐居委会居民拥珍：

音响：“我们有决心用实际行动保护幸福祥和的拉萨。”（录音止）

白玛曲珍代表:口述的门巴文化迫切需要挖掘和保护

2013年3月10日中央台中国之声－《难忘的中国之声》

白玛曲珍是全国人大西藏代表团中年龄最小的代表，也是人口较少民族门巴族的代表。头一回参加全国“两会”她显得既紧张又兴奋。表示激动骄傲之余，感到压力大、担子更重。

记者原杰、德庆白珍：

2009年，从西安长安大学毕业后，与普通人走出大山求发展的择业观不同，白玛曲珍做出了考公务员回西藏的决定，并专门向西藏组织部申请分配到最偏远的墨脱县。

音响01:“我觉得墨脱县比较落后，出来几个大学生不容易。我就觉得应该回去建设自己的家乡。我觉得尽管一个人的力量不能做出很大的成就。但还会有很多像我这样的人，回到家乡共同把我们的家乡建设得更好。”

西藏林芝地区墨脱县受自然地理因素影响，是全国2100多个行政建制县中最后一个通公路的县，而这条公路至今冬季也时常下雪封路，因而相对闭塞、发展落后。然而对于白玛曲珍来说，人生最重要的选择还不止这一个。回到墨脱县工作不到两年，80后的白玛曲珍再次放弃县城相对优厚的工作条件，又下到了更为边远落后的巴登则村，担任党支部书记。

音响02：“那个村比较偏远，信息闭塞，他们的很多想法跟我们不一样，要做很多思想工作。对我们来说是很小很小的事对老百姓来说是天大的事，要做的很细致很细致，不能觉得事情很小就算了。反正比自己想像的要难得多。虽然很难，我还是觉得乐在其中。”

作为全国人大代表，在基层的体验使她知道百姓真正想要的是什么。

音响03：“我带来了一些议案。是公路方面的、边民补助方面的，还有门珞文化的保护。门巴族本来没有文字，很多都是年长者口述留下来的，这一块挖掘和保护很迫切。”

西藏人大代表扎西央金：家乡人均收入从3千增至8千

2013年3月7日中央台中国之声《央广新闻》

西藏代表团代表——西藏自治区山南地区隆子县斗玉珞巴民族乡副乡长扎西央金讲述自己的两会代表委员日记。

记者原杰德庆白珍：

扎西央金：我是全国人大代表扎西央金，来自西藏山南地区隆子县，是一名珞巴族代表。作为人口较少的民族当选为全国人大代表，我深知这是党和政府对少数民族关怀的真切体现。所以，参加这次“两会”我感到非常的荣幸。

来北京的时候，乡亲们都来祝贺我，我对他们说，不是祝贺我，是祝贺我们全体珞巴族人。我本来是山南地区第一小学的一名英语老师。2012年6月，党和政府为了更好地保护人口较少民族珞巴族，成立了山南地区隆子县斗玉珞巴民族乡，我有幸被推选为该民族乡的副乡长。当时我很忐忑，因为没有一点经验可谈。但我也知道这既是组织的信任，也是我为家乡和民族出份力的机会。我下决心，一定不辜负群众的期望。

第一次参加两会，我非常紧张。为了履行好职责，来之前，我和乡里的老书记、老干部们一个村一个村地走访，听听乡亲们有什么需要我带到会上的意见和建议。乡亲们一致让我感谢党中央一直以来对我们民族的特殊关怀。确实，这几年在党中央、西藏自治区党委政府的关心支持下，我们乡群众的生产生活发生了很大的变化。人均收入从2007年的3000多增长到了去年的8000多元，住上了安居房。道路都硬化了，很干净、很漂亮。在西藏代表团审议政府工作报告的小组会上，我把群众要带的话都一一进行了汇报。

现在我们乡已成为珞巴民族乡。作为副乡长、作为人大代表，我的希望就是让民族乡变得名符其实。虽然说我们珞巴族没有文字，只有语言，但我们有自己的文化、建筑和服饰。我想在这些方面争取一个统一的挖掘和保护规划，做到内有文化、外有特色，这样才能配得上民族乡的称谓，也能更好地保护民族文化，这也是我作为人大代表今年带来的一个建议。

西藏自治区政府主席洛桑江村做客中央台

（2013 年 3 月 15 日 13 时中国之声）

主持人:各位听众朋友中午好,这里是中央人民广播电台中国之声两会特别节目《做客中央台》,我是主持人林溪,我们首先通过一段嘉宾介绍来了解一下今天做客的嘉宾。

“洛桑江村”在藏语里是智者无往不胜的意思,14 岁那年,他离开海拔 3500 米的家乡西藏察雅县,来到关中平原腹地咸阳,成为西藏民族学院的一名预科生。这次远行求学改变了洛桑江村一生,从对汉语的一窍不通,到运用自如甚至写得一手遒劲隽秀汉字书法,洛桑江村展现出超强的学习能力。从 29 岁担任共青团西藏自治区委员会书记,到 38 岁成为拉萨市最年轻的市长,“年轻有为”是媒体跟随他多年的评价。今年 1 月,55 岁的洛桑江村出任西藏自治区人民政府主席,他强调:“西藏各族人民的命运始终与伟大祖国紧密相连。”

主持人:通过刚才的这段介绍我们已经知道,今天来到我们直播间的就是十二届全国人大代表、西藏自治区党委副书记、西藏自治区政府主席洛桑江村。洛桑主席,欢迎您,先跟咱们全国的听众打声招呼。

洛桑江村:中央人民广播电台的各位听众,大家好,大家扎西德勒。

主持人:非常欢迎您,洛桑主席! 我们知道您平时可能需要经常出差,比如像这次两会,从拉萨到北京,对于这种从高原到平原的频繁转换,您的身体会不适应吗?

洛桑江村:一般时间短的话,问题不大。时间长了,比如说在内地时间长了,到西藏肯定会有点反应,但是这个反应因人而异,一般两到三天就跟西藏人一样了。我们西藏人到内地也是,特别是冬季从西藏下来,就会发生所谓的"醉氧"。

主持人:对,我听说有的朋友会出现"醉氧"的情况。

洛桑江村:所谓的"醉氧"就是爱打瞌睡不想动。就是这么个低山反应。

主持人:刚才我们的嘉宾介绍里提到,您曾经在陕西学习工作了15年的时间,在陕西的这段经历,对您现在开展工作有什么样的帮助? 我知道有一点很重要,就是语言上的转换,比如说您现在的汉语说得很轻松了,另外还有什么其他的帮助吗? 能不能挑一些跟我们讲一讲?

洛桑江村:我在陕西经历的这15年,对我的一生非常重要,因为我从一个澜沧江边,大山里头的农村孩子来到关中平原,接受系统的现代教育,系统地学习汉语言和其他方面的知识,包括政治经济学、哲学等一系列的学习,为我今后的工作打下了一个比较好的理论和知识方面的基础。

主持人:帮助还是挺大的。

洛桑江村：帮助当然挺大。

主持人：今天特别高兴能够请到洛桑主席，和我们共同探讨西藏的发展，探讨一个幸福的西藏。各位听众朋友，如果想参与我们的互动，也可以登录中国之声在腾讯和新浪的实名微博，或者添加中国之声为微信好友，找到我们本期节目的话题预告，留言来参与我们的讨论。在我们的直播间还有一面微博墙，如果您想让您的留言让洛桑主席直接看到的话，您可以在微博上输入“做客中央台”加上您的微博内容直接发布，这样您的微博就可以呈现在我们直播间的微博墙上，被大家直接看到了。洛桑主席，如果您看到有比较感兴趣的微博，您也可以直接说出来，跟我们全国的听众一起分享。

主持人：洛桑主席，在今天的节目中我们想请您听三份报告，当然我们相信平时您肯定听了大大小小不少的报告，您自己也做过很多，但是我们这三份报告，可能跟您平时听的有点儿不太一样，这三份报告我们请到了媒体专家，还有来自百姓方面的声音。我们现在请您听第一份报告：“媒体观察报告。”

朱学东：我是《中国周刊》的主编朱学东。在媒体看来，洛桑江村主席是一位比较低调的领导，一个多月前，当他当选西藏自治区主席的时候，很多人还不熟悉他的名字；而在互联网上，能够搜集到他的资料也非常有限。但另外一方面，西藏各项工作的开展和推进却并不低调，特别是老百姓最为关心的民生问题。我们注意到，就在洛桑江村就任自治区主席后第一次主持召开的自治区人民政府常务会议上，就给过藏历新年的全区老百姓送上了一份大礼——宣布从今年起，提高12项民生补助标准，包括教育补助、企业退休人员基本养老金、农牧区医疗制度财政补助等。我们看到，其中有些政策是针对西藏特有的工作人群，比如村级动物防疫员、青藏铁路护路联防队员等。可见政策制定时考虑之细致、覆盖之全面。

朱学东：就在这次洛桑江村主席来北京参加两会之际，自治区政府与全国工商联签订了战略合作协议，共同启动新阶段扶贫开发战略，大力发展非公有制经济，推进西藏的跨越式发展。报道说，就在那次签约仪式上，洛桑江村强调，西藏要把民营经济发展摆在突出位置，营造平等使用生产要素、公平竞争、同等受到法律保护的环境，全面放宽准入领域等。其实，西藏一直以关注民生著称，例如成绩突出的农村饮水安全解困工程和光明工程，使农牧民的农田和家里都流入甘泉。就在这个月，腾讯网联合34家媒体公布了“中国幸福地图”调查结果，西藏综合幸福指数排名第一。

朱学东：尽管如此，我还是想在此向主席进一步了解：西藏民众关心的民生问题和内地有哪些差异？目前您最想着力解决的民生问题有哪些？我想跟主席提的第二个问题是：西藏的旅游非常出名，去年国内外游客突破1000万人次，但是旅游在增加西藏税收的同时，也会给环保、社会管理增加难度，自治区政府今后如何将更好的下好旅游这盘棋？

主持人：洛桑主席，刚才向您提问的就是中国周刊的主编朱学东。刚才报道里说到,您为人非常低调,但是对于民生方面的出台措施却并不低调,您就任自治区主席以后,第一次主持召开的自治区人民政府常务会议上就提高了十二项民生补助的标准,给群众送了一份大礼包,为什么这么重视民生问题?

洛桑江村:我们自治区两会结束后召开的政府第一次常委会,就拿出相当大一笔资金,我的指导思想是,少上一些所谓的政绩工程、形象工程,这些看起来很漂亮的项目,但是跟老百姓特别是困难群体、弱势群体、农牧民、城乡低保等方面直接惠及不到。正好在汉族的春节、藏民族的藏历新年即将来临时,我们决定拿出5亿多的资金来研究解决12个方面的民生问题。我们西藏的离退休职工大概有37万,这样他们每个月能够平均增加300块钱,对他们来说,对家庭很实际、很实在。有些项目可以少上,但是民生这块我们必须要放在第一位。我们发展的成果、改革的成果、西藏步入现代文明的成果,要让老百姓、每家每户能够直接体验到。

主持人:让这些成果能够惠及到老百姓,体现在他们的身上。

洛桑江村:方方面面。

主持人:就像您说的,即使是300块钱的养老金,但是对于他们来讲,也是生活上很大的一个提高。

主持人:宁可放弃一些看上去漂亮的工程。

洛桑江村:所谓的形象工程看起来很漂亮,但是老百姓得不到实惠。

主持人：所以我们能明白为什么西藏老百姓这么幸福，因为我们手头有数据，去年年底，拉萨市的安全感和幸福感位列中国社科院发布的全国主要城市基本公务服务满意度排行榜的首位，拉萨的老百姓对于城市的公共服务非常满意。还有一个就是刚才报道里也提到的“中国幸福地图”，通过全国1000多万的网友投票，西藏的幸福感又得了最高分，在全国拔得了头筹。所以就有一个问题，为什么西藏这片土地上的老百姓会这么幸福？

洛桑江村：我们藏族人民在这种蓝天、白云的大自然里头生活，与大自然很和谐，人与人之间也很和谐。现在通过改革开放30年的发展，特别是有党中央、国务院对西藏各族人民方方面面给予的特殊关怀，再加上全国各个省市，中央援藏的央企，这10多年里头为改善民生，改善西藏的城乡建设、基础设施建设等各个方面做了大量卓有成效的工作。拉萨的基础设施，在改革开放以前，在90年代初都还是比较落后的，现在因为拉萨是由咱们国家的首都北京和全国的经济强省江苏来对口援助，所以拉萨既保留了我们藏民族的优秀传统文化，比如说布达拉宫、八角街、罗布林卡这些世界级的文化遗产和街区风貌得到了很好的保留。

主持人：这是世界人民的宝贵财富。

洛桑江村：就是世界遗产，因为既是我们藏民族的，也是我们中华民族的，也是世界的，所以这些都得到了很好的保护。同时像上下水工程、城市道路、现代化这些方面也既有民族特色，又有时代特征，又跟蓝天白云、高原风光相和谐。所以西藏在祖国大家庭里头，再加上我们西藏自身的发展,老百姓在物质方面、住房方面、用的方面、穿的方面得到了极大的改善。而且拉萨老百姓本身对物质方面的欲望、要求,我个人认为不是很高。

主持人:知足常乐。

洛桑江村:再一个,藏民族还有些特点,敬老爱幼、相互支持、相互理解,不管来自什么民族的朋友,都能够和谐相处。所以社会和谐,人与人之间的关系和谐,人与自然也和谐,所以老百姓自然幸福指数感就提高了,他感觉很满足,很幸福。

主持人:这种幸福是发自内心的。

洛桑江村:它是装不出来的。

主持人:对,我们看到很多西藏老百姓他们脸上洋溢出的那种笑容,特别特别有感染力,让人看到就觉得幸福。今年春节和藏历新年前后只相差了一天,拉萨4万多户居民的这个年应该说过得格外幸福,因为他们是西藏首批享受到供暖的百姓,是这样吗?原来是靠什么供暖?

洛桑江村:过去基本上是用火,用煤或者是用一部分电,是很不完善的供暖体系。自治区党委政府去年做了个重大决策,首先在拉萨市区实施供暖工程。在自治区党委政府的高度重视和拉萨市委市政府的共同努力下,工程项目进展很顺利,冬天有40%的居民用上了暖气。暖气又先进,又没有污染,又干净,大家感觉非常舒服,老百姓非常满意、非常高兴。

主持人:今后供暖的覆盖面还会进一步扩大吗?

洛桑江村:我们要做到,今年年底整个市区达到100%

全覆盖。到下个冬天，应该说是整个拉萨市区的老百姓都能用上暖气了。

主持人：其实西藏对于咱们很多听众来讲，还是很神秘的，这个实际情况也可能会和内地不同。您在西藏出生，同时也有在内地学习的经历，您觉得西藏人民关心的民生问题和内地的有什么不同？您的工作重点会不会因此有一些改变？

洛桑江村：因为西藏的社会发育程度，特别是高原的自然条件，各个方面跟内地相比还是有很大的差别。所以西藏工作必须要从西藏的实际出发，把中央的好的政策、好的方针，创造性地在西藏实施。

主持人：融入到西藏的实际情况中。

洛桑江村：就是要做好中央精神和西藏实际结合这篇文章，这是很关键的。如果符合西藏实际，就能得到西藏人民的拥护，但是照搬内地或者其他地方的做法，不一定符合我们的实际。

主持人：比如说这一次拿出5亿多元的大礼包，其实这就是一个贴合西藏实际的政策。

洛桑江村：就是我们根据西藏的企业退休职工的社保、城乡社保、城乡医保、低保等方方面面的情况，考虑到西藏的实际情况来解决问题，而且关键是要在长效机制上下功夫。

主持人：欢迎您继续收听中央人民广播电台中国之声两会特别节目《做客中央台》，我是主持人林溪，今天来到我们直播间的是十二届全国人大代表、西藏自治区党委副书记、西藏自治区主席洛桑江村。欢迎您，洛桑主席！接下来要听的是第二份报告，我们为西藏请来的专家是全国政协委员、财政部财政科学研究所的所长贾康。贾康所长曾经专门去西藏做过一次全方位的深入调研，他所做的专家研究报告会提到什么样的问题呢？我们一起来听。

贾康：洛桑主席，我是财政部财政科学研究所所长贾康。我们认为政策性融资特别适合西藏这样市场发展明显滞后，但仍然具有相对优势和潜力的区域。在建设市场和培育市场的过程中，更多的是需要财政资金这样的政府有明确的顶层规划和发展战略指导下的政策性资金，作为启动资金引资，来把它四两拨千斤似的发挥放大效应和乘数效应。政策性资金要市场化运作，专业化管理，信贷式放大，那么它支持具体的领域就要覆盖比如说西藏特色领域的发展、农牧产品深加工，和产业相关的增长点培育，也包括矿业开发方面。西藏旅游业是得天独厚的优势所在，要把这方面作为战略性的重点。要把这种政策性的融资作为一种守正出奇式的，打开局面，拉动更多的商业性金融产品跟进，拉动其他区域共同参与，形成政府可运用的政策性资金的放大效应。在西藏的发展过程中，民间的、底层的、分散的小微企业层面的创业创新活动，是源源不断的增长动力的来源，我们政府要特别注意鼓励非公经济、民间这些市场主体，民间资本在创业创新层面打开局面，可以增加西藏本土的就业机会，可以促进经济社会发展中企业家精神的形成和提升。

贾康：我想借这个机会向洛桑江村主席提两个问题，一个是，我注意到西藏自治区政府高度重视非公经济的发展，我想了解在具体的政策支持方面最主要的一些要领,能否做一些介绍?现在已经明确支持非公经济发展政策的重点,从现在到中长期的一些初步的设想是什么?另外我还想问一个问题,我们认为支持西藏经济社会发展离不开在金融方面积极合理构建政策性融资机制和可调动的商业性金融的力量,合在一起形成合力,这样的一个努力。现在西藏的决策层方面有什么基本的思路和工作上的考虑?

主持人:洛桑主席,刚才为您带来报告的就是全国政协委员、财政部财政科学研究所的所长贾康。贾康所长相信您应该也比较熟悉了吧,因为他也是自治区发展咨询的委员。他刚才提到了两方面的思路,一个就是政策性融资,还有一个就是要重视西藏非公经济的发展。我们知道,过去五年,西藏经济在稳步增长,GDP 的年均增长是 12%,这是一个非常可观的成绩,但是同时我们也注意到,在过去的五年,累计完成的全社会固定资产投资 2300 多亿元当中,国家的投资是 1700 多亿元,也就是一半还多,占了大头,那么,现在西藏的经济发展是不是仍然是以国家的投资推动为主呢?

洛桑江村:首先,我非常感谢国家财政部财政研究所的贾康同志,我最近看到他提交的一些关于西藏政策性融资方面的研究报告,我非常受启发,对西藏政府下一步的工作很有帮助,所以我首先要感谢他们。刚才你说我们西藏发展的国内生产总值靠中央投资拉动的大概占 50% 以上,主要是靠中央的投入,我们本届政府目前正在研究这个问题,我们要继续加大这一方面的力度,要实施一些大的项目来带动大的发展。再一个是政策性方面，现在西藏方方面面的一些金融机构基本健全了，这些金融机构在西藏的小康建设、西藏的扶贫开发、西藏的跨越式发展等方面起到了很大的作用，但是还不够，所以我们现在也在做研究，我们政府正在跟国家开发银行谈这些项目，这次两会之后可能要形成一些共识，达成一些战略协作框架。就是说，政府拿出一部分资金作为贴息，用金融的资金用20年左右的时间完善西藏的基础设施建设。我们的交通尽管已经发生了翻天覆地的变化，但是跟跨越式发展和小康建设还有差距，我们现在的高速公路实际上只有37.8公里，二级以上公路只有900多公里，所以二级以上公路在整个全区公路里头只有1.5%。要完善基础设施，实现西藏跨越式发展，加大招商引资力度。我们现在正在加大这些方面的研究，不仅要研究，而且每年要拿出一些项目来推动。这方面，我想肯定会有大的发展。

洛桑江村：另外，西藏没有大型的国有企业，所以我觉得目前政府关键是要把基础设施建好，把整个环境营造好，把服务搞好，真正实现政策上放宽，发展上放胆，工作上放手，思想上放开。政策上一定要做到放宽，低门槛、零注册、轻税负、强支持、少检查、重激励的措施来鼓励大力发展非公有制经济。这一次两会前我们跟全国工商联也签订了一个战略协议，如果这个工作做好了，我想能够实现1000个亿在西藏落地，带动特色产业的开发。我觉得我们西藏最大的问题是思想解放的程度、观念更新的程度还不够，所以我们在这方面要攻坚克难，要解放思想，要更新观念，要确实树立“你发财、我发展,你发大财、我大发展”这种理念。我一再强调的是,只要提供优质的服务,提供宽松的政策,我相信今后几年西藏的民营经济、非公有制经济在做大本地区经济总量、扩大税收来源方面将会起到更大的作用。另外,我想特色产业里头最关键的是把西藏的旅游业做精、做强、做大。

主持人:对。刚才我们的两份报告里面,都提到了旅游产业。

洛桑江村:旅游业这个产业我们认为只要做好了、做准了,对西藏的发展特别是增加老百姓的收入很有帮助。旅游产业主要是富民产业,我不要求财政收入增加多少,但是一块钱可以带动六块钱,因为旅游有六要素,只要去了西藏,就要花钱、看、吃、住、行、购。这个方面我们还需要再下一点功夫,真正按照市场的需求,把西藏最有特色的产品,按照各个层次的需求进行开发。西藏发展关键要符合西藏实际,思路要对头,要真抓实干。现在我们建成小康社会既有压力也有挑战,但是我们首先有自信。

主持人:您这个自信从何而来?

洛桑江村:有习近平为总书记的党中央的关怀,有强大的祖国做后盾,再加上我们西藏有120多万平方公里,地上和地下的非常巨大的资源。经过3、5年的努力,7年的努力、8年的努力,建成小康社会我觉得还是有把握的,所以我有信心。

主持人:刚才洛桑主席的这个话说得特别朴实,其实就是要让老百姓富起来,要提高西藏经济自主的造血功能。

刚才您特别提到的是非公有制经济，我们也注意到一个数据，2012 年，西藏非公有制经济的税收占整体税收的比重从 78% 上升到 93%，这对于西藏来说应该是一个非常了不起的成绩，西藏是怎么做到的？具体的措施是什么？

洛桑江村：关键就是落到实处，要督查，要招商引资，像拉萨市、日喀则地区、林芝地区，一个地区一个地区都要落到实处，要进行一项一项的研究，哪里存在问题就解决哪里的问题。我们本届政府也成立了由我挂帅的西藏自治区招商引资委员会，把所有涉及招商引资的职能统一在一个办公室里头，各地市的市长、专员要亲自参与，然后各地市也要成立相应的机构。我们每一个负责产业的都要有任务、有目标，真正引进一些有实力、有能力的企业，把西藏的优势资源加工好。此外，我觉得旅游产业要在保护中开发，在开发中保护。

主持人：您再一次提到了旅游产业。

洛桑江村：旅游产业不会造成大的环境破坏。我们正在研究怎么把旅游业做好，一个是让来的人更多，再一个是吸引更多的回头客。我们要提高服务质量，满足各种游客不同层次的需求。我们还需要做很多工作。

主持人：我们又说回到刚才贾康所长提到的第二个问题，他讲到政策性资金的放大效应，也被称为“四两拨千斤”的机制。我们知道这个“四两拨千斤”得用巧劲，您是康巴人，我们知道康巴人一般给人留下的是威武粗犷的印象，我不知道您对“四两拨千斤”这个概念是怎么理解的？

洛桑江村：“四两拨千斤”就是说，政府今年预算内能拿出来的资金不到15个亿,刚才已经把5个亿的蛋糕切出去了,现在只剩下10个亿,10个亿对7个地市,根本安排不过来,怎么办呢?现在就用10个亿作为贴息,然后贷30到50个亿,来满足我的发展需求,这就是所谓的“四两拨千斤”。我用的是金融资金,等项目来了,我再把这一部分钱补上,用这个办法筹集更多的钱来作为我们自身建设急需的资金。

主持人:就是在盘子还不那么大的情况下,先利用政策资金“四两拨千斤”,等着这个盘子慢慢做大,然后再去分这个蛋糕。西藏的一些特色产业,我们是不是可以把它理解成已经明确支持的非公经济发展的重点?

洛桑江村:旅游产业、特色产业,还有能源。西藏水能资源比较丰富,不仅满足我们自己的用电需求,以后还可能向其他地区卖电、送电,这个规划我们也在做。

主持人:比如说藏医药,这也是一块。

洛桑江村:藏医药是非常独特的,包括藏毯这些民族手工业,以及西藏特有的青稞等植物都是非常好的,包括我们的藏猪,林芝地区满山遍野都是,像放羊一样,藏猪长不大,肉非常好。但是现在我们怎么加工,怎么真正做成特色产品?我们现在正考虑走“公司+农户”的道路,关键是要有好的龙头企业,实现产业化,从而打开销路。像广东各省都有援藏任务,帮我们打开销路,帮我们开发这些东西就是援藏。我们本身的优势还需要很好的发挥。

主持人:西藏这几年经济发展很快,GDP很快增长,目标是在2020年全面实现小康社会。对于西藏这样一个气候、地形、文化都非常有特点的地方，您觉得实现小康的难度在什么地方？

洛桑江村：难度主要是在教育方面。还有人均寿命。难度确实有，但是只要我们下决心，一定能和全国一道实现小康社会这个目标。我们充满信心。

主持人：要实现这个目标的话，西藏起步晚，水平可能会比全国稍低一些，那么抓手在哪儿？

洛桑江村：这个抓手，这个难度、重点、难点、关键点，还是在农牧区。我们有近80%的人口在农牧区，农牧区的小康建设特别是提供基本的均等化的公共服务，还有教育、医疗等方面目前还不尽如人意，下一步我们要把更多的财力、更多的精力用在农牧区，用于改善生产、生活，改善公共服务，这些方面已经有比较明确的思路。只要我们思路明确，狠抓落实，埋头苦干，西藏的农牧区工作尽管有很大的挑战，尽管有很多困难，但是希望大于挑战，关键是要带着感情、用心来抓。我看还是有希望的。

主持人：刚才洛桑主席也介绍了自治区政府对于民生的重视，包括政策性融资还有非公经济方面的支持，究竟西藏的老百姓有什么样的体会，他们感受怎么样呢？接下来我们要请出的是我们的新媒体观察员海滨，在我们直播的过程中，他一直在关注网络上最有代表性的百姓声音，他为我们整理出了这份“百姓体验报告”，有请海滨。

海滨：您好，洛桑主席，我是新媒体观察员海滨，送上今天的《百姓体验报告》。在全国34个省市自治区1000多万网友参与投票绘制的“中国幸福地图”中，西藏综合幸福指数排名第一,成为幸福感最强的省份。从游客的视角看,西藏可以享受灿烂的阳光、洁净的空气,是一件很惬意的事情。从打工者角度看,拉萨让人拥有安全感和稳定感,生活在这里感觉很踏实。在微博汇总点点滴滴也能感受到不小的变化。比如从一张图片中我们看到从烧干柴和牛粪到家用取暖器再到今天集中供暖的普通拉萨人家,网友说,干嘛要等2015年才能全覆盖啊?亲,能快点么?还有今年12项民生补助标准的提高,仅此一项就可以让百万人受益。提到民生,还是可以看到关注西藏发展的百姓的各种期待:经历50年400倍的增长,西藏今天700亿的生产总值依然落后,怎么发展?藏药可以期许么?

请问对非公经济的这些优惠措施什么时候可以实施啊?另外还有网友说,您说的这些政策能坚持吗?别说您7、8年建设小康社会有信心,我7、8年在西藏建成小康之家比您还有信心。在网上能搜出来更多的是全国网民虔诚的梦想:去一趟西藏!看看天上圣湖纳木措,看看世界最高宫殿布达拉宫。一位网友的微博挺有代表性:人生每一次的旅行,在抵达终点后会发觉一切无非尽是过程,所有的路途,都只是行过,而无所谓完成。奔赴西藏的梦又何时能够成行呢?其实就西藏发展而言,每一个目标何尝不是过程?民生福祉的提高,是永远没有终点的,您做个简单的回应?我看网友激动的是因为您刚才说的,"你发财我发展,你发大财,我大发展。"

海滨:还看到网友评论说,听着刚才主席的介绍,热血沸腾,零注册、轻税负、少检查、强支持,重激励,是这样吧?

洛桑江村:市场经济的基本规律还得遵循。既然是来开发市场,他是市场主体,那我得尊重他,他来西藏发不了财,我想让他来都很困难,所以他来了一定要让他发财,然后他发财了,我们发展了;他发大财了,带动我的大发展,相得益彰。西藏在这么好的环境里头,有这么好的资源,关键是我们的政策要对头,我们的思路要对头,我们的工作要对上。为什么现在有一个充满生机、充满活力的中国特色社会主义新西藏屹立在世界屋脊,人们的精神面貌各方面都不错,这是怎么来的?就是我们国家的改革开放,有了改革开放,我们有了强大的发展。

海滨:还得坚定不移地执行一贯政策。

洛桑江村:一贯的支持。改革开放,这就是一个基本国策,所以西藏不是坚持一年两年的问题,是要日趋完善,更加开放、更加开明,更加透明。

海滨:还有个小问题要问您一下。有人问,您曾经在西藏多个地方任不同的职务,您觉得哪个地方是您个人经历最重要的一个阶段?

洛桑江村:我在西藏任职近八年的拉萨市市长,在这个平台上我学到了很多,对城市建设、对民生的关注、对为什么要发展,为什么要把西藏的旅游业做大,这八年当中有很多感触。同时,我 03 年的元月份担任副主席,那时候我分管的是城乡建设,分管的是西藏的旅游业。这 5、6 年里头,西藏最大的民生亮点就是 80% 以上的农牧民通过近 6 年的努力,住上了安全、宽敞、明亮的、具有浓郁高原特色、民族特色的农牧民安居新房,在高海拔的地方实现了游牧定居。我在藏北草原当过近 4 年的专员，在那个地方搞一些小集镇建设，搞牧民定居点是比较合适的，但是夏天他还是要带着帐篷，到夏季牧场去。

洛桑江村：我们的老百姓把居住的房子看得很重，所以西藏社会主义新农村建设是 6 年里头西藏自治区党委政府干得最好的德政工程、民生工程。

海滨：我再问您一些问题，您最喜欢西藏的什么地方？

洛桑江村：西藏地区我最喜欢的还是拉萨，内地最喜欢的相对来说是江南水乡，像扬州、无锡、杭州、苏州，这个很有特色。

海滨：再问您一下，平时听广播吗？

洛桑江村：白天一般很少听，但是晚上我还是特别注意听中国之声，这个节目办得非常好。我晚上一般睡觉之前，要听到一到两个小时。

海滨：获取新闻的途径还有哪些？

洛桑江村：一个是网上，一个是看电视，一个是看报纸，再一个就是听中国之声。

海滨：有人问，您会自己做饭吗？

洛桑江村：藏族煮肉啊，做我们藏族的一些包子啊，这些我还是比较拿手的。我喜欢吃面食，这跟在陕西待的 15 年有关系，我也比较喜欢吃川菜。

海滨：谢谢洛桑主席配合我们这个小的环节。

主持人：感谢海滨。洛桑主席，在直播的过程中，我们有 20 家合作媒体也在场外的媒体中心实时跟进着我们的整个访谈。他们也有很多的问题，想和您探讨。我们先接通其中的一位电话，首先向您提问的是腾讯网副总编辑李玉霄，我们听听他会提什么样的问题。

李玉霄：洛桑主席您好，我是腾讯网副总编辑李玉霄。我们都知道西藏自然环境生态环境特别美，但我们知道高原生态环境也非常脆弱，一旦破坏了，就很难恢复，甚至是得不到恢复。刚才您也提到，西藏到2020年的时候要和全国一起一道全面建成小康社会。要实现这一目标，一定要争取一个较高的经济发展速度，那么，自治区政府会怎样处理好保护环境与发展经济的关系呢？

洛桑江村：我们西藏自治区党委政府，包括我们西藏老百姓生态保护的理念、观念都比较强，党委政府也非常注重生态环境的保护。在2003年到2004年，西藏自治区根据西藏生态环境、生产建设的要求，我们邀请中科院的很多院士、专家组成了一个强有力的专家组，通过近两年的努力，我们搞了一个《西藏生态安全屏障保护与建设规划》，从08年开始实施，现在已经上升到国家的规划层面，经国务院批准了，这就是150多个亿，就是保护西藏生态环境，用于建设的。我们这一届政府上任以后提出来整个拉萨河从上游到下游要搞一个大的生态规划，一个是河的两岸要绿起来，我们这个月底到下个月要实行全民大面积的义务植树。再一个要搞工程造林，实施这么一个项目的话，整个拉萨的生态又是提高了一个更高的层次，环境更加优美。就是要通过这些大的手笔、大的动作，实实在在地来保护生态。

主持人：好。我们再来接进一个媒体。

长城晚报记者：洛桑主席您好，我是长城晚报记者。两会期间，有媒体报道说，西藏将在那曲建设世界海拔最高的机场，我想问一下这个项目现在进展怎么样了？

洛桑江村：现在项目立项了，今年适当的时候准备启动。这样，我们藏东昌都有机场，我们生态大地区林芝有机场，我们后藏日喀则有机场，阿里是我们最西北这一块，也建成了机场，现在藏北这一块也要建机场。基本上各个地区大的地方都建立了机场。

主持人：很多网友对您讲的西藏旅游这一方面很感兴趣，现在是去西藏的一个很好的季节吗？

洛桑江村：只要年轻人喜欢大自然，西藏夏天有夏天的美景，春天有春天的美景，冬天有冬天的美景。

主持人：在我们节目的最后，能不请您对我们全国的听众，还有我们中国之声的网友说一些寄语，您有什么话想对大家说的？

洛桑江村：我们把西藏的基础设施建设得更好，我们把饭店、宾馆的服务标准按照国家标准建设好。更加开放的西藏，更加开明的、善良的西藏人民，欢迎国内外的更多的朋友亲自去体验一下拉萨的感觉、西藏的感觉、高原的感觉，欢迎大家去西藏。

主持人：感谢洛桑主席做客中央台！谢谢给我们带来报告和提问的各位嘉宾。我们今天的节目就到这里，感谢网络合作媒体：腾讯微博、新浪网、搜狐网、360 新闻、百度新闻、网易新闻、和讯网的大力支持，相关文字和视频请登录中国广播网。本期节目主持林溪代表编辑原杰、德庆白珍、吴喆华，代表监制郭亮感谢大家收听。

西藏276万电话用户和146万互联网用户用真实身份登记

中国之声《新闻和报纸摘要》报道：

主播：西藏276万电话用户和146万互联网用户全都使用真实身份登记，确保从源头维护良好的网络环境。

采制中央台记者德庆白珍：

在拉萨东郊电信营业大厅，来自成都的陈琳女士用几分钟的时间顺利办到了一张真实身份登记的手机卡："虽说比平时多用了一两分钟时间，其实我觉得还是挺保险的，因为实名制保护我们用户本身的隐私，保障了我们消费者的权益。"

西藏各大基础电信运营企业通过新增用户全部实施真实身份登记、存量用户限时补登以及清理占号等阶段性工作，使用户真实身份登记工作实现了常态化管理。

西藏自治区十届人大法制委员会主任委员戴建国：

"比如原来网络管理比较混乱，青少年沉迷网络游戏、手机垃圾短信、关键是个别人在网络上散布谣言。实施实名制以来，对加强网络和信息安全，特别是保障广大用户的合法权益，发挥了非常好的作用。"

西藏自治区通信管理局副局长尼玛多吉介绍说，西藏

建立了电话用户真实身份登记系统支撑平台,同时取缔了5000多家违规代销商,确保从源头维护良好的网络环境:

“现在实现实名制以后我们对诈骗的人可以落地查到根源,受骗用户的权益也能得到保障。电信诈骗、有害信息等明显减少。”

雪域高原上与雪山为伴的风雨送邮路

中国之声《新闻和报纸摘要》报道：

主播：清晨时分，雪域高原犹如沉睡的孩子沉寂在夜幕的余墨之中。在拉萨市墨竹工卡县邮局的院里，邮递员格桑桑旦和同事们已经在一边检查者自己心爱的皮卡车，一边仔细阅读着邮件清单，准备开始当天的送邮之路。

中央台记者普布次仁：

音响01（格桑藏语压混）：

早上天蒙蒙亮的时候出发，晚上天黑了十点左右才能回到家中，像远的寺庙车辆上不去还需要人工递送，非常辛苦。谈及自己的邮递工作，格桑一下子没了那份腼腆，开心自豪地谈起了邮件送达收件人手上时的场景。

音响02（格桑藏语压混）：当我送达邮件时他们都说以前我们还要自己去取邮件，现在太好了，都会直接送到我们家门口，老百姓签收邮件时都会说上一句“辛苦”，把我拉进家门，请我吃上糌粑和肉并且喝上飘香的酥油茶，我们都乐在其中。

车子在崎岖而又陡峭的土路上一路颠簸地缓慢行驶着，当谈及为何选择这份艰苦而每月仅千元报酬的工作时，格桑笑着说我已经干了13年，乐在其中，尤其给农牧区学生邮递录取通知书让他们能够按时上学的时候我特别幸福。我哥哥也是一名邮递员，我的同事扎西的邮路只能骑摩托车，需要行驶200多公里，他父亲靠骑马骑自行车做了36年的乡邮递员。来到墨竹工卡县的曲龙寺。寺管会罗布一边签收着格桑手中的报纸一边介绍说。

音响03：他们路况差的时候有时走路，有时骑摩托车，没有白天黑夜一直给我们送的。他帮我们把东西拉上来，有时把人顺便捎上来，他做的事情确实挺多的。

车子行驶在崎岖的山路之上，对面山尖皑皑雪山与车子处在一条线上，仿佛已经抵达天边，快要触及天上飘浮的云彩。望着专注驾驶的格桑，阳光映衬下他那瘦弱的身躯似乎变得刚毅壮硕。格桑笑着说到我们已经到达海拔近5000的山顶，再上去一点我们就到顶杰寺了。顶杰寺驻寺工作队的尼玛丹增在一旁用赞赏的目光望着格桑对我说到：

音响04（藏语压混）：这些报纸僧尼都很喜欢，每天发生的新闻都能在报纸上看到。以前像这样的寺庙不通路，社会发展什么的僧尼都不知道，现在做完佛事我们就会帮着僧尼一起阅读报纸，她们还会做笔记，这样僧尼的思想认识都提升了不少。

（背景音话务员接电话压混）

近年来随着西藏“寺庙九有”建设工作的稳步推进和农牧区“乡乡通邮”工程的大力推进，目前西藏全区乡镇基本通邮，行政村通邮率达90%以上。乡邮投递员已发展至631人，农牧民用邮难情况得到有效缓解，邮政服务农牧区的广度和深度正在进一步延伸。

拉萨老城区保护工程完工在即
环境改善效益已开始显现

中国国际广播电台——录音专稿

主播:拉萨市人民政府于去年12月底,正式动工开展了以大昭寺为中心的拉萨老城区保护工程,预计本月底完工。近日记者专门实地走访了解工程进展与环境改善情况。请听记者德庆白珍、普布次仁的报道:

沿着八廓街走进拉萨城区腹地,见不到之前热火朝天的动工现场,沿街建筑施工搭建的脚手架和防护网大部分也都已撤下,风格多样、富有藏式特点的建筑物陆续亮相,工程已接近尾声。

以八廓街历史街区为核心的拉萨老城区,民族和宗教特色浓郁,古城特征典型,保存着大量的珍贵文物及历史建筑,也是拉萨集商贸、宗教、旅游、文化等多功能于一体的城市中心区,总面积1.33平方公里,常住人口有8万多人。

但部分建筑由于历史久远、宗教和商贸活动频繁、人流、物流急剧增加、市政基础设施严重滞后等原因,出现设备老化、线路乱接、超负荷运行等问题,给居民的生产生活造成了很大的影响,威胁着老城区居民的生命财产安全和文物保护安全。实施老城区保护工程是这里居民的夙愿,也是拉萨市人大代表、政协委员多次提交提案、议案的内容。岗组老人便是提交此议案的人大代表之一。

录音01(藏语):“老城区里电线杂乱像蜘蛛网一样,私拉乱接电线,存在着严重的安全隐患。给排水系统不完善,水压不够,住三四楼的居民不能正常用水。这是老城区啊,有着极高的历史价值。群众也经常反映,作为人大代表,我必须代表人民反映诉求。”

岗组老人是拉萨市第八、第九、第十届人大代表,也是一直生活在老城区里的居民,对老城区有着十分深厚的感情。令他欣慰的是,他提交的关于老城区保护的议案得到了西藏各级党委政府的高度重视,被立即批复。

2012年12月21日,总投资15亿元的拉萨老城区保护工程全面启动。内容涉及排水改造、电力线路改造、管线综合改造、整治消防安全隐患、实施供暖工程、实施古城特色风貌保护等十项工程。拉萨市老城区保护工程施工方中交一公司拉萨老城区保护工程项目部经理余永宏向记者介绍,古城区文物多、建筑旧、人流密,工程难点多,但再难也要克服。

录音02:“克服了冬季施工难度大,巷道作业面狭窄,无法展开大面积施工以及人流量大安全隐患多等种种困难,目前项目进展顺利。我们充分考虑到施工给老城区居民带来的出行不便,做了大量切实有效的便民工作,得到了老百姓的充分理解和认可。”

工程开工已过半年,再进老城区里的大街小巷,保护工程正按步骤有序推进,而老城区内居民生活质量的改善已

开始显现。绕赛社区居民次吉在老城区经营甜茶馆已多年,她告诉记者,老城区保护工程解决了她多年用电收费不清的烦恼。她说:

录音03(藏语):“以前老城区都是一院一表,每次产生的电费都是几户平摊,为此总有人不平。如今电力线路改造以后一户一表,用多少电缴多少钱,一目了然。”

改善居民生活环境的效果远不止此。在老城区不论是商户还是居民都有说不完的喜悦。益西多吉的家在四楼,以前由于水压问题水龙头经常不出水,用水特别不方便。保护工程实施以后老城区的给排水管道进行了全面改造,生活用水得到了保障,环境卫生也随之发生了变化。

据了解,目前老城区保护工程总体已完成90%以上。古城特色风貌保护和供水、排水管道清淤、八廓街石材铺装、大昭寺广场石板更换等项目已完成,电力线路改造和通讯改造工程均已完成80%以上,预计能于本月底如期完工。

古城区保护让文物整旧如旧延年益寿

中国国际广播电台——录音专稿

主播：由于大量文物集中在拉萨市老城区，拉萨市正在进行的古城保护工程倍受外界关注。工程实施期间文物保护工作是如何开展的，请听记者德庆白珍、普布次仁的报道：

根据第三次全国文物普查统计，拉萨市有各类不可移动文物点934处，其中老城区就有8处全国重点文物保护单位，59个区市县级文物保护单位。

老城区保护工程中重点涉及的文物保护工作有老城区文物古建大院的保护、各大宗教建筑的保护和传统民居的保护工作。拉萨市政府表示将坚持“要整旧如旧，不要整饰一新；要延年益寿，不要返老还童”的原则推进文物保护工作。天津市房屋鉴定勘测设计院是此次古城区保护工程中承担规划设计工作的单位之一，该设计院首席建筑师王建说，为了做到修旧如旧开展了一系列细致有效的工作。

录音01：“工作核心是立足于更好地保护古城风貌，形成八廓街独具特色的传统文化街区。在设计工作中征求了当地的古建专家、文物保护专家、宗教和民俗专家的意见。在我们的规划设计中强调严格保护八廓街的传统建筑风貌,采用了当地的建筑材料和工艺进行修缮。”

据了解,施工过程中对涉及的古建大院做到修旧如旧,对传统建筑因历史久远造成破损的进行保护性修缮,后期陆续建成的新建筑与古城风貌不协调的,对之进行整改使之风格协调。

王建:

录音 02:“最重要的是这个项目不仅仅是我们在做,还有拉萨当地的多位藏族建筑专家指导并参与了项目设计,使我们古城建筑中所有传统建筑严格保持传统风貌特色,保持历史文化风貌,这个项目严格讲就是与多位藏族专家一起合作的结晶。”

此次老城区实施的重点文物保护工程中除了 56 座古建大院的保护外,还有大昭寺安消防改造工程。座落于拉萨老城区中心的大昭寺,是国务院公布的第一批全国重点文物保护单位,是世界文化遗产,更是每一个佛教信徒心中最中心最圣洁的殿堂。此次古城保护工程对以大昭寺为中心的大环境进行了全面整治,受到了僧人们的欢迎。

僧人尼玛次仁:

录音 03:“寺庙文物最怕的就是火灾和水灾。外边紧邻大昭寺的老城区原来的电线都是非常危险的,是一个很大的火灾隐患。工程把电线都敷设到了地下,可以说最大的一个天敌基本上消除了。另外雨季的时候,如果下水道不通的话对大昭寺的破坏是非常大的,这次大的工程里面其中一个排水改造,我个人认为是对大昭寺非常好的保护。”

由于老城区保护工程的意义重大,能有效改善居民生活的质量和环境,工程得到居民群众的普遍支持,也得到了商贩摊主的理解。过去八廓街两边占满了一个接一个的出售琳琅满目特色商品的摊位,是吸引游人必来八廓街的亮点之一。但出于保护工程的需要,2956个摊位顺利地被临时搬迁至宇拓路,让出了一条宽阔的转经道。

随着保护工程各子项目的陆续完工,越来越多的信教群众重新回到围绕大昭寺虔诚转经的道路上。格桑次仁老阿爸和他的老伴也一如从前来到八廓街转经,他对记者说:

录音04(*藏语*):“现在这个转经路好走多了,街道宽了、环境整洁了、我们的心情也变得舒畅了。”

信息化发展使西藏城市生活更加紧凑便捷

中国国际广播电台——录音专稿

主播：上世纪90年代，固定电话、移动电话等业务在西藏的普及，使生活在西藏的人们迅速加快了生活节奏。同时，与内地其他城市的市民一样享受着宽带、无线、3G…带来了丰富与便捷的生活。请听记者德庆白珍的报道：

就在上个月（6月11日），中国移动西藏公司的4G体验网启动仪式在拉萨举行，标志着西藏4G时代即将到来。据活动方介绍，西藏已经完成了包括珠峰大本营、布达拉宫等地的50多个体验站点。而年内，拉萨主城区将实现网络连续覆盖。参加现场体验的格桑平措兴奋地告诉记者：

录音01（汉语）："顾名思义，相对于3G，4G的网速将会更快，应用也会更多，这就是我们年轻人所需要的。非常期待。"

从宽带上网、无线上网到手机上网……西藏的年轻人总能跟紧信息时代的步伐，追逐着属于数字年代的时尚与潮流。"有没有wifi？"如今已经成为藏族青年时常挂在嘴上的一句话。拉萨姑娘次旦卓嘎是一名银行职员，工作之余她最大的爱好就是和朋友到咖啡屋坐坐，原因是这里有免费的 wifi 可以使用。

次旦卓嘎：

录音 02（藏语）：“我们凑到一起的时候总是喜欢谈一些微博上的事儿，还会交流时下比较流行的手机游戏。但是最喜欢的就是网购吧。有时候互相推荐、有时候晒一下淘到的宝贝。总之现在使用网络非常便捷。比如每次聚会，都是在微信群里发布，很方便。”

据官方资料显示：西藏相继在 2004 年实现“县县通光缆、乡乡通电话”，2007 年实现“乡乡通传真”，2011 年实现了“村村通电话”及“乡乡通宽带”，至此，西藏已基本建成覆盖全区所有地（市）、县、乡和重要交通干线及旅游景点的信息通信网络。西藏自治区通信管理局副局长尼玛多吉介绍说，目前西藏每百人拥有 89 部电话。

录音 03（汉语）：“截止去年年底，共有 276 万用户。其中固定电话 40.52 万户、移动电话用户 235.49 万户。用户接入这块，互联网接入用户 146.74 万户，其中 17 万有线宽带，其他为移动用户。”

这些数据虽然与全国数据无法比拟，但对于人口总数 300 多万的西藏的来讲，相当于 9 成以上居民使用电话，一半以上居民使用互联网。使西藏不因地理而遥远，不因海拔高而孤独。网络让生活在西藏高原的人们与全国甚至全球同步。

十年前，格珍毕业于重庆一所大学。毕业后她回到西藏工作，而同班的其他 50 多名同学分别在沿海城市、北京、云南等地找到了工作。今年 5 月，正是他们毕业十周年的庆典。事不凑巧,单位有急事,格珍无法赴约,就在这时组织聚会的同学提出了视频连线,让格珍没有了抱憾。

录音04(藏语):“当时他们在那一端,许多同学都是十年里第一次再见。我在这一端也发言,谢谢老师和同学们陪伴我走过的最美的四年,也邀请了他们来西藏玩。聚会很成功,我觉得因为网络,如今,天涯海角也是近在咫尺。”

西藏广袤农村因网络与世界亲近

中国国际广播电台——录音专稿

主播:随着互联网在西藏的普及,西藏越来越多的农牧民开始认识网络、利用网络,通过网络了解外界知识,提升自己的生活质量。请听记者德庆白珍的报道:

又是一季毕业时,许多在拉萨、内地读高中的藏族农牧民学生结束了高考,回到了家乡。央宗来自西藏日喀则地区江孜县重孜乡,就读于拉萨市第八中学,刚刚结束的高考她考了390分,而西藏少数民族重点大学录取的分数线(理科)是290分,央宗足足多考出了100分,她准备和家人好好商量,慎重地填报志愿。

录音01(藏语):"以前的话,我就没办法考完后马上回家,也没办法和家人好好商量。因为家比较偏远,上网不方便。但是现在,乡里就能上网,学校也要求在网上填报志愿,刚好就在家里商量了就报了。"

西藏"乡乡通宽带"工程受益的不只是大中学生,在农村牧区,藏族群众酷爱音乐。以前,听新歌总是要托人到拉萨买光碟。网络到乡里,人们知道网上可以搜索、下载、听到各种各样的歌曲。那曲地区那曲县的旦巴次仁向记者展示了下载到手机里的歌曲,红遍全球的江南 style 也在其中。

录音02(藏语):“除了牧歌,我们也很喜欢听流行歌曲。江南style我们朋友也经常唱的,这个歌很有意思,虽然听不懂唱的什么,但边唱边跳很好玩。”

网络正逐步改变着高原人们的生活习惯和内容。拉萨市曲水县察巴朗村的村民琼达正是通过网络走向了致富的路子。琼达一直以养牛为生,但生活并不富裕,直到有一天,在网上看到改良牛的养殖的相关知识。他说:

录音03(藏语):“以前乡里没有电视、电脑,那时候的我们像个傻子一样,知道的很少。后来通过乡里的电脑,学到了改良牛的养殖知识。以前我们家养的牛一头只能卖到500元,现在改良年能卖到3000到5000元。”

据了解,2011年起西藏推动“西藏自治区农村综合信息服务站”建设,计划到2015年建成3000个农村综合信息服务站。届时,老百姓可以及时获取农业、就业、医疗等方面的信息,农牧民群众的生产生活将更加便利。

走在死亡线边上的巡检

——记西藏 202 台工作人员

中国之声《新闻和报纸摘要》报道：

有这样一群人，他们常年穿梭雪域高原的无人之地，时时面对危险，顽强地保障维护着西藏的广播信号质量。他们就是西藏 202 台的工作人员。

记者罗布次仁、普布次仁报道：

伴随着一个急刹车，一台老旧的越野车陷在了去往阿里监测站的路上。对于抛锚，西藏 202 台副台长王海东表示司空见惯。王海东说，十几年来，台里的两辆越野车里程都接近 40 万公里，多次遇险，单是底盘就断裂过 8 次。

王海东：从神湖和鬼湖那边下去以后那段路有冰，很危险，因为是冰雪路面，车上一堆人，车晃得啊，甩尾啊，稍微不注意就容易出事。

西藏 202 台于 2001 年进驻拉萨，52 名工作人员需要负责西藏 120 多万平方公里的广播信号质量监测。一年中，工作人员有近一半的时间都是在基层巡检。202 台台长助理殷贤勇说，每一次巡检都是在死亡线上徘徊。

殷贤勇：前年我去昌都的时候，在副驾驶位置坐着，当时下好大的雨，一下子掉下来好多的石头，司机为了躲避最大的石头，碾了一块石头差点掉下山沟去了。

工作如此危险，202 台没人发牢骚，没人讲条件，然而，谈及家人，大家绷不住了。

般贤勇：咱们这个工作本身来说很有意义，唯一觉得就是对家人亏欠很多，生小孩时候我也没回去，儿子第一次见我叫“叔叔”。

对家人的亏欠转化为一阵沉默。汽车修好后，202 台的员工们上车重新启程。每当走到寥无人迹的地方，想到国家的政策和国内外的新闻资讯可以传播到西藏千家万户时，他们便会感到最大的满足和幸福。

2013年拉萨雪顿节在哲蚌寺展佛活动中拉开帷幕

中国之声《新闻和报纸摘要》报道：

主播：一年一度的哲蚌寺展佛活动今天上午在拉萨如期举行，成千上万的信众及游人前来膜拜，为2013年雪顿节拉萨了序幕。请听记者罗布次仁、普布次仁、德庆白珍的报道。

每年藏历六月三十日，是西藏传统的雪顿节。在藏语中，“雪”是酸奶的意思，“顿”是“宴”的意思，雪顿节也因此被译为吃酸奶的节日。雪顿节起源于公元11世纪中叶，最早是一种宗教活动，现在已逐渐演变成为集展佛、藏戏、文娱和宗教相结合的民俗节日。

作为雪顿节的序幕，“展佛”活动今天上午在哲蚌寺隆重举行，巨大的释迦牟尼佛像唐卡在山腰上徐徐展开，桑烟弥漫，法号齐鸣，成千上万的信众及游客源源不断地涌到佛像前敬献哈达、虔诚膜拜。来自北京的王小姐用手机拍下这一瞬间，第一时间用微信发布在了朋友圈。

王小姐：感觉信仰那么自然，特别当他们把头磕在这个上面的时候，感觉确实很震撼，信仰的力量很强大。如果有机会还会再来。我所有的朋友都在关注着我在西藏的一举一动，朋友说人这么多，挺震撼的。

与此同时，藏戏文艺汇演、拉萨啤酒节、唐卡艺术博览会、纳木措徒步大会等精彩纷呈的活动也在将雪顿节期间陆续开展，将丰富节日期间的文化生活。

唐卡艺术博览会的工作人员丹曲：

在雪顿期间举办，是因为雪顿节期间在罗布林卡有很多人过来。目地主要在于有这样一个平台，让唐卡文化或传承记忆能更好地传播到各地去。

雪顿节越来越丰富的节庆活动，也使各大旅行社有着更多内容，可以根据游客不同兴趣来安排行程，这也成为今年雪顿节吸引更多游客的原因之一。

西藏环球旅行社有限公司地联中心总监陈首录：

整个雪顿节期间，我们旅行社接待的游客量大概是 50 个团队，去看展佛的团是 10 个左右，但是对于常规团队来说，还是希望游客以更加轻松的方式来体验一下拉萨的雪顿节。所以安排游客在罗布林卡看藏戏，看唐卡展，安排过林卡、品尝酸奶，让游客感受比较有当地特色的一个节庆。

西藏昌都地震致米扎村21户房屋全部倒塌救援全面展开

2013年8月12日全国新闻联播

主播：今天(12日)5点23分，西藏自治区昌都地区左贡县、芒康县交界发生6.1级地震，震源深度为10公里，西藏有关部门正积极开展救援工作。请听记者罗布次仁、德庆白珍的报道：

地震发生后，昌都地委、行署立即召开会议研究部署救灾方案，并带队前往灾区指导开展救援工作。目前，除了仁果乡沙益村、米扎村外其他村都已联系上。震区部分房屋倒塌、没有村民伤亡报告，救灾工作正有序开展。

左贡县委书记张宏军：

音响01："目前我们已经派出四批工作队、救援队，已经有四批物资运往两个重点灾区。地委、行署非常重视，在按照地、县、乡三级应急预案稳步推进救灾工作。"

至于两个仍未联系上的村，武警交通部队及西藏武警消防总队的救援部队正在积极挺进，在发稿前记者联系上了正带领救援部队赶往沙益村的武警交通部队二支队政治部主任王洪强。

音响02："沙益村那边道路完全断通，我们的人正在抢通。我们一共是66个人12台机械。最大的难点就是通往现场的道路非常的险峻，路边临着澜沧江，作业面非常狭窄，从318国道过来虽然说是只有不到80公里，但路非常难走。”

截止记者发稿时余震仍在发生，为防止余震带来的次生灾害造成损失，当地将组织群众今天在救灾帐篷过夜。

左贡县委书记张宏军：

音响03：“我们现在已经把救灾的帐篷、棉被、棉衣，以及生活用品、方便面、饼干、矿泉水等等运到灾区了。因为房屋不同程度受损，现在余震不断，我们要求老百姓都在救灾帐篷里头过夜，就是为了防止次生灾害。”

西藏自治区扎实开展
党的群众路线教育实践活动

中国之声《新闻和报纸摘要》报道：

西藏自治区扎实开展党的群众路线教育实践活动，县处级以上党员干部进村入户、结对认亲交朋友。记者普布次仁：

居住在曲水村四组的郎嘎阿妈正紧握着最近家中新增亲戚唐甜的手，商讨着如何解决面临的生活难题。

郎嘎和她的三个孩子相依为命，前夫经常酗酒打她，如今暂住在村委会中，依靠低保和打散工维持一家的生活。郎嘎自豪地说，孩子们十分争气，今年大儿子考上了大专，但说到大儿子的学费问题便一下子没了底气。唐甜是来她家开展结对认亲活动的财政部援藏干部。

唐甜："帮她沟通一下，村委会给她建的房子她现在搬不过去是因为没有家具，帮她想想办法，尽量帮她解决。"

唐甜人如其名，给郎嘎一家增添了许多甜蜜，带来了一份支撑和依靠，和西藏众多的党员干部一起在这片广袤的土地上深入草原山谷，夜宿结对户家，同吃同住同劳动，田间地头听民声，唐甜对此十分珍惜。

唐甜："能够了解他们，才能真正帮他们做他们需要办的事情，拉近和群众的距离，能够真真切切地为他们办一些实事。”

一直扎根在曲水这片土地为老百姓奔走忙碌10多年的曲水镇党委书记李宝平对于西藏结合实际，开展“领导干部进村入户、结对认亲交朋友”的做法也是赞不绝口。

李宝平：“我们的领导干部带着问题下基层，带着感情下基层能发现很多问题，为下一步制定老百姓增收致富的政策，增加了感性认识。”

截至目前，西藏开展群众路线教育实践活动，已先后召开“为了谁、我是谁、依靠谁”、弘扬“老西藏精神”等研讨会664场，座谈会413场，征得基层代表意见1211条。以上举措进一步推动了“党的群众路线教育实践活动”深入开展。

生态优先、合理开采：西藏矿产业绿色发展之路

中国之声《新闻和报纸摘要》报道：

“矿产资源丰富，生态环境脆弱”是我国西藏的一大特征。在现有条件下，西藏如何实现矿业产业的绿色发展？今天我们跟随记者走进雪域高原上的绿色矿山，寻找答案。采制：中央台记者德庆白珍：

华新水泥分公司座落在西藏山南地区，厂区的绿草绿树随处可见，置身其中，很容易让人产生疑问：这是水泥厂吗？

赵俊霞是公司环境部的工作人员，主要负责记录粉尘在线监测数据，并到一线逐一核对。

赵俊霞：“像二氧化硫，国标是200毫克每立方米就是达标的，我们这边是几毫克，十几毫克。粉尘国标是50毫克每立方米，我们这边是十几二十毫克每立方米，远远低于国标。”

正是凭着这些先进的工艺和管理水平，2004年华新水泥落户西藏。公司总经理倪卫东说，为了减少热污染，华新还投入了6500多万元，建成了一座低温余热电站。

倪卫东：“为生产线提供了30%的电源。如果1度电

需要0.35千克煤来发电的话，我们节约了1万多吨标准煤，二氧化碳排放可以减少3万多吨。”

西藏孕育着丰富的矿产资源，目前，已开发利用铬铁矿、铅锌矿、矿泉水、水泥原料等22种矿产。说起在高原生态脆弱区进行矿业开发，中国工程院院士、西藏自治区人大常委会副主任多吉话语铿锵，必须坚持生态优先。

多吉：“西藏利用矿产资源在发展地方经济，帮助老百姓增收方面起到了很好的作用。适合开发的、市场紧缺的都鼓励开采。必须要把环境问题处理好。”

同样重视环保的，还有西藏华钰矿业山南分公司。总经理王艳萍说，为了切实消除对农田的污染隐患，尾矿库建在了选矿厂30公里外。

王艳萍：“不能离老百姓、地（农田）太近，我们肯定想建在最近的地方，那样成本又低、又省钱。但我们发展肯定要考虑到当地的生态，要考虑到它的可持续性。”

如果不是工作人员介绍，很难想像一个长满植被的山坡竟是该矿厂已闭库复垦的一期尾矿库。多吉说，先进的勘查、采、选矿设备及工艺技术的应用，使华钰的铅、锌回收率超过九成，使其对环境的影响降了再降。

多吉：“资源的利用没有浪费、环境保护做的很好，没有污染，和老百姓相处很好。”

在发展地方经济的同时，为确保西藏作为国家生态屏障的安全，西藏先后全面禁止了砂金、砂铁资源的开采，严格执行矿山环评制度。

西藏自治区环保厅副厅长李维星：

“截止去年底，已经落实了40.47亿元，生态保护、生态建设、生态能力建设都在稳步推进，用实际行动保护好西藏的一草一木。”

西藏墨脱喜通车 我国县县通公路

中国之声《新闻和报纸摘要》报道：

昨天(10月31日)一条全长117公里的四级公路在西藏墨脱通车。它宣告墨脱摘去唯一不通公路县的帽子，我国实现县县通公路。

记者原杰、索朗达杰、德庆白珍、普布次仁：

西藏自治区主席洛桑江村宣布墨脱公路通车。这也是他第一次到墨脱。

“我也是第一次，第一次到县城。路不通嘛，所以这次来了很高兴。对于墨脱各族人民来说，是生命线、经济线、幸福线、生态线、国防线。”

墨脱县位于西藏自治区东南部，是西藏海拔最低、环境最好的地方。但是由于山势险峻，地质条件差，一直没有通公路。当地群众徒步走到最近的波密县，要五六天时间，翻越雪山还有危险。以往运输物资靠人背马驮，有了公路，物价随着运费降低。珞巴族村民次仁桑珠说：

“对我们来说变化很大，特别是物价降低了很多。举个例子，一瓶拉萨瓶装啤酒，九几年要15块钱，现在卖6块钱。以前全都是走路，现在有车子了，也不用走了。运自己的粮食啊、柴火啊，都很方便的。有的人买了车子拉货，还做运输生意了。”

墨脱公路的意义不只是在墨脱。交通运输部总工程师周海涛说：

“墨脱公路的建设实现了全国县县通公路的梦想，是我国公路建设史上具有划时代意义的里程碑。”

这样的梦想和里程碑，历经了几代人才实现。

“墨脱公路地质地形复杂、气候环境艰苦，特别是嘎隆拉隧道穿越多条断裂带、岩体破碎、涌水量大，施工极为困难。上世纪60年代到90年代间，党和国家先后四次实施了建设，最终因复杂的地形、地质、气候条件，当时的人力物力限制，没能完全成功。四次建设先后有200多名建设者献出了生命，他们至今还长眠于此。”

今天的通车只是一个起点，墨脱公路设计代表组组长涂运良说：

“悬崖峭壁路段，那都是从悬崖上两百米直直地下去，这种路段很窄，只有三米，弯道很急。我们后一步就是看能不能把这些路段通过隧道的方式，或者拓宽，来提高它的公路等级，改善行车条件。墨脱的地理位置是地震高发区，肯定要开辟新的生命通道，再打通几条路到墨脱。”

10月31日打开墨脱之门：记者亲历最险天路探访莲花秘境

中国之声《新闻纵横》

据中国之声《新闻纵横》报道：

记者原杰、索朗达杰、德庆白珍、普布次仁：

墨脱，位于西藏东南部，藏语意为“隐秘的莲花”。特殊的地理位置和亚热带气候，让这里景色优美，四季如春。但在今天之前，这里还是全国唯一不通公路的县。

今天上午11点，墨脱公路将举行通车仪式。从原有的简易道路到现在的公路，这项几代人梦想的工程经过四年六个月的艰苦建设，现在全面完成。这条路是什么样？路的那一头，被称为“隐秘的莲花”的墨脱又是什么样？

从波密到墨脱，记者昨天坐车全程体验了墨脱公路。这条路采用四级公路的技术标准来建设，在中国的公路等级当中，四级公路是等级最低的一种。具体来说，墨脱公路大部分的路段不是我们通常看到的崭新的柏油马路，而是碎石子路。

相关人员告诉记者，这样做有两个原因：一是这条路上经常发生塌方泥石流，容易损坏路面，建成碎石子路，维修的难度和成本都比较低；另外在冬天积雪之后，碎石子路的摩擦力比较大,不容易结冰和打滑。

全长 117.3 公里的墨脱路,记者昨天开车总共花了七到八个小时,抛开中间堵车的 3 个小时,就是今后墨脱公路从波密到墨脱的正常时间——四到五个小时了。路上大多数的地方,两辆车可以迎面错车,而最窄的地方,只能一辆车单方向通行。很多时候,车辆一边是山体岩壁,另一边是峡谷悬崖。有时候还能看到刚发生或者刚疏通的塌方点。

墨脱对很多人来说是一个神秘的地方。因为海拔落差比较大,墨脱公路沿途可以看到不同的自然景观。从波密出发 24 公里之后,快进嘎隆拉隧道的地方,海拔有四千多米,积雪厚度有六七十公分,差不多能够没过膝盖。在蓝天和强烈的阳光下,非常耀眼夺目。

而在这之后,墨脱公路的海拔和纬度就逐渐降低,到了墨脱县城附近,海拔只有一千米左右,属于亚热带气候了。雅鲁藏布大峡谷两岸的植被茂盛,现在已经是十月底,仍然满是绿色,甚至还能看到成片的芭蕉树。这跟大家通常印象当中的西藏、雪域高原,是完全不同的了。

墨脱县城不大,但是像银行、邮局、宾馆这样的基础设施都已经具备。老百姓大多数住在一至两层的房子里,安置房有红色或者蓝色的屋顶。空气湿润,今天的温度是 23 度到 12 度。

以往来墨脱旅游的,大多数是徒步或者骑车的游客,路边一些为驴友服务的站点,看起来也有点年头了。墨脱公路通车之后,会有更多的人想要亲自来探寻这朵“隐秘的莲花”,当地也准备重点发展旅游业,公路沿途和县城里都在规划和新建一些旅游接待的设施。

不过,真的要开车走这条墨脱公路,并不容易。有不少路段是依山而建,急弯下坡,还有一些路段经常有泥石流塌方,对于驾驶技术要求比较高。另外,为了保护墨脱的自然环境,政府也在考虑控制游客人数。

今天墨脱公路的开通仪式地点选在达木乡的波弄贡村,但是当地人更熟悉它的另一个名字——80k,也就是老的墨脱简易道路从波密出发之后 80 公里的地方。其实通往墨脱的道路沿途有不少地方都是以这样的里程数来称呼,比如嘎隆拉隧道入口处是 24k,记者昨天堵车的检查站是 52k 等,可见这些年来,路对当地人有多重要。

嘎隆拉隧道通车之后,这条路比原来缩短了 28 公里,也就是说,叫 80k 的这个地方,事实上现在从波密出来 52 公里就到了,不过当地人还是用按习惯的老名字,叫它 80k,这应该也会让大家更能够记住之前漫长的、不通公路的历史。

中国之声《新闻纵横》

中国有一条路，它半年雨季，半年冰天雪地；因其“最美”与“最险”被称为“真正的天路”；这条路几十年间历经5次修建，却屡遭雪崩、泥石流这样的飞来横祸，因而马队挡道汽车禁行，一直是它长期以来存在的样子。这条路从西藏波密扎木出发，试图延至被人称为中国最后一个不通公路的地方——墨脱。

而从今天开始，墨脱将正式“摘帽”中国最后一个不通公路县的历史。今天中午11点，墨脱公路通车典礼即将举行。墨脱马车路如何正式“晋升”县级公路？它会如何改变墨脱人的生活？

“山顶在云间，山底在江边，说话听得见，走路得几天。”这首西藏南部的当地民谣勾勒的是以往墨脱交通的真实写照。而今天，这句民谣正在走进历史。今天中午11点，墨脱公路的通车典礼将在距离墨脱县城30公里的80K达木乡举行。记者一行从墨脱公路的起点西藏波密县城出发，沿着宛如哈达的扎墨公路盘山而行。

群众：这条隧道通了以后，改善太大了，现在走隧道几分钟，原来翻个山至少4个多小时，还是顺利的情况下。

在24公里处，驾车用时3分30秒，穿越了3310米的巍巍嘎隆拉雪山隧道。嘎隆拉雪山，就像高高的一道围墙，千百年来横亘在墨脱面前难以撼动。负责嘎隆拉隧道出口段的武警交通三支队扎墨公路C合同段项目总工程师毛瑞兵形容：

"它就是一扇门。把这个隧道打开了,就相当于我们打开了墨脱的一扇门,我们就可以自由往来进出了。如果说是没有这个隧道,以前翻越这座山,一年中有 8 个月的时间这条路是不通的。"

如果说隧道犹如一扇打开的门,一个瓶颈的话,那么打开了门,穿越了瓶颈,绵延 117 公里的扎墨公路沿途,从绿色森林到幽深峡谷;从白雪皑皑到天外飞石;从数不清的胳膊肘弯到随处可见的雪崩路段、泥石流路段小心慢行的指路标志,这些都在无声诉说着这条"仙境"加"险境"的天路谜题。

谜题一,半年雨季,半年冰天雪地,险峻天路,如何化险为夷?

与其他任何一条公路不同,在扎墨公路上,路面风格多种多样。沥青路、条石路、砂石路其实各有玄机。比如,在 2011 年发生过重大雪崩地点的 16K,也就是 16 公里处,路面悄然从沥青变为类似公园中常见的一条一条的石板小径。

中交二公院扎墨公路设计代表组组长涂运良:有雪崩或者有泥石流,这种路段我们采取条石路路面,为了保通清理的时候机械好作业。

谜题二,中枢工程嘎隆拉隧道如何冲破地质瓶颈?

现代冰川地貌、地震板块接合点等等特殊的地质环境,聚集在墨脱公路的控制性二程嘎隆拉隧道地下,因而工程隐藏了一个个机关待人破解。

武警交通一总队三支队总工程师毛瑞兵:墨脱地块是印度洋板块和亚欧板块的一个缝合地带,这里地质活动比较频繁,而且这个隧道是现代冰川地区最长的公路隧道。

在施工的时候遇到很多水,水压特别大。当时对隧道排水非常恼火,后来在隧道口专门为排水打了个泄水洞,把水都排到山沟里去了。

谜题三,山体灾害频发,公路未来如何完善维护?

在沿途的营地中,记者发现随着通车完成,建筑团队正在逐渐被养护团队所替代。以往墨脱公路修建了几十年,因为天灾屡建屡毁、屡毁屡建,如今自然环境依旧,而且据说目前有观测显示,当地每年有 400 多次大大小小的地震活动,如此的险要之路会不会重蹈覆辙?未来又将如何进行后续维护?扎墨公路设计代表组组长涂运良指出了这样的方向。

涂运良:悬崖峭壁路段的路很窄,只有 3 米,弯道很急,下一步看能不能把这些路段通过隧道的方式拓宽,提高公路等级,改善行车条件。从整个墨脱的地理位置来讲,肯定要开辟新的生命通道,而且墨脱是一个地震高发区,要再打通几条路到墨脱。

天路在昔日的"高原孤岛"墨脱县莲花广场终于画上了一个优美的句点。不过这两天,在一些路段,早早地飘起了雪花甚至冰雹,给这条险要的道路增添着不小的难度。墨脱公路 B 段项目部经理程春明今天第一次穿越嘎隆拉隧道,沿着公路向墨脱县城进发。在他看来,这条路就像一个初生的婴儿。

今天上午 11 时,墨脱公路通车仪式将举行,墨脱将正式摆脱"全国唯一不通公路县"的历史,墨脱人民也将不再因雪山阻隔而远离世人的视线。

中国之声《新闻晚高峰》

“一条崎岖的小路,曲曲折折,反反复复,一条无尽的小路,一行无声的脚步”。这是民歌《墨脱路》的歌词,是人们对墨脱之路的诗意描述。但残酷的现实是,由于特殊的地理和自然原因,长久以来西藏墨脱是全国唯一一个不通公路的县,被称为“高原孤岛”。墨脱人怨的是路,盼的也是路。

墨脱,位于西藏东南部,藏语的意思为“隐秘的莲花”。特殊的地理位置和亚热带气候,让这里景色优美,四季如春。但在今天以前,这里是全国唯一不通公路的县。西藏民间流传着这样一句话:墨脱人前不言路。墨脱县西、北、东三面被喜马拉雅山和岗日嘎布山阻隔,要进出墨脱必须翻越过海拔4000米以上的嘎隆拉雪山和多雄拉雪山,而且从墨脱到邻县波密的路途中,雪崩、塌方和泥石流易发地段达30余处。上世纪50年代走出墨脱的老人罗布次仁清晰地记得,人们称呼进出墨脱的道路为“猴子路”,“道路都是野兽出没的羊肠小道和行人搭建的简易便桥,稍不小心就会掉进万丈深渊。”

今天上午11点,墨脱公路举行了通车仪式。从原有的简易道路到现在的四级公路,墨脱这朵隐藏在喜马拉雅山脉南麓的莲花,将展现在更多人的面前。中央台报道组发自西藏墨脱报道。

洛桑江村:我宣布西藏自治区墨脱公路正式通车!

西藏自治区主席洛桑江村宣布墨脱公路通车。这也是他第一次到墨脱。

洛桑江村:我也是第一次,第一次到县城。路不通嘛,所以我这一次来了很高兴。

墨脱县位于西藏自治区东南部,是西藏海拔最低,环境最好的地方,但是由于山势险峻一直未通公路,当地群众徒步走到最近的波密县要5、6天时间,翻越雪山还有危险。洛桑江村这样概括墨脱公路的意义:

洛桑江村:墨脱公路是墨脱各族人民来的生命线、幸福线、经济线也是生态线、国防线。

墨脱公路的意义不只是在墨脱。交通运输部总工程师周海涛说:

周海涛:墨脱公路的建设实现了全国县县通公路的梦想,是我国公路建设史上具有划时代意义的里程碑。

这样的梦想,已经延续了几代人。周海涛:上世纪60年代到90年代间,党和国家先后四次实施了建设,最终因复杂的地形、地质气候条件,以及当时的人力物力限制,没能完全成功。四次建设先后有200多名建设者献出了生命,他们至今还长眠于此。

从2009年到2013年,第五次建设,用四年半时间换来今天的通车,周海涛清楚其中的艰辛。

周海涛:墨脱公路地质地形复杂、气候环境艰苦,特别是嘎隆拉隧道穿越多条断裂带、岩体破碎、涌水量大,施工极为困难。

而在今后,也还面临长期的养护问题。

周海涛:墨脱公路通车了,但它还不完善,每年仍然会有一段时间，受到水毁、雪崩、地质灾害的影响，保持全年通车的难度仍然很大。

墨脱公路从林芝地区波密县的扎木镇到墨脱县城的莲花广场，因此也称为扎墨公路。全长117.278公里，海拔从四千多米到一千多米，跨越6条江河，总投资15.99亿元。我们的记者也体验了这条特殊的"天路"。继续来听：

"山顶在云间，山底在江边，说话听得见，走路得几天。"这首西藏南部的当地民谣勾勒的是以往墨脱交通的真实写照。而今天，这句民谣正在走进历史。记者一行从墨突公路的起点西藏波密县城出发，沿着宛如哈达的扎木公路蹒跚而行。

"这个隧道通了以后，改善太大了，现在走隧道几分钟，原来翻个山至少4个多小时，还是顺利的情况下……"

在24公里处，驾车用时3分30秒，穿越了3310米的巍巍嘎隆拉雪山隧道。嘎隆拉雪山，就像高高的一堵围墙，千百年来横亘在墨脱面前难以撼动。武警交通三支队扎墨公路C合同段项目总工程师毛瑞兵形容：

毛瑞兵：把这个隧道打开了，就相当于我们打开了墨脱的一扇门，我们就可以自由往来进出了。如果说是没有这个隧道，我们以前翻越这个山，一年中有8个月的时间，这条路是不通的。

记者发现随着通车完成，建筑团队正在逐渐被养护团队所替代。

涂运良：悬崖峭壁路段，那都是在悬崖上，下去的话，就是200米，直直的下去，像这种路段，路很窄只有3米，弯道很急。我们后一步就看能不能把这些路段通过隧道方式，或把它拓宽，或提高它的公路等级，改善它的行车条件。墨脱地质位置是一个地震频发区，肯定要开辟新的生命通道，再打通几条路到墨脱。

墨脱公路通车仪式举行
我国实现县县通公路目标

中国之声《央广新闻》10 月 31 日

据中国之声《央广新闻》报道，经过四年零六个月的艰苦建设，墨脱公路新改建工程全面完成。今天上午 11 时，墨脱公路通车仪式在墨脱公路 80K 举行，从而结束了我国最后一个县不通公路的历史，标志着我国实现县县通公路。

在墨脱公路途径的达木乡波弄贡村，当地人亲切地称这里是 80K。80K 是原墨脱公路 80 公里的位置，今天上午，墨脱公路通车仪式在这里举行，西藏自治区主席洛桑江村宣布墨脱公路通车。

特殊的自然地理、地质构造、气候环境造就了墨脱的 6 项之最，这里地形起伏最大、自然坡降最大、降雨量最大、地震烈度最高、地质灾害最多、地质条件最复杂。墨脱公路的建设完成将使全线通车时间由原来每年不足三个月提高到 8 个月左右。

西藏自治区交通运输厅重点项目管理中心副主任邓超说，墨脱公路对当地百姓而言就是连接外界的生命线。

邓超：以前墨脱这个路有一个说法，南通北堵，它是以 80K 作为一个分界线，80K 以北夏通冬堵，就是在夏天的时候每年最好 7、8、9 这三个月，物资能够从波密运到 80K，一到冬天嘎隆拉雪山只要大雪一封山，物资就再也进不去了；80K 到墨脱之间是冬通夏堵，因为夏天是雨季，暴雨季节，夏天到了只要下雨，泥石流滑坡到处都是，所以一定要等到雨季过去，等到冬天，到了旱季了以后把那边道路再抢修出来才能把 80K 的物资再继续运到墨脱县城里面去。

邓超说，墨脱公路修建前，运输成本每斤接近一元，而且由墨脱县城前往林芝县八一镇，其实是在可以通车的季度也需要三到四天甚至六到七天，制约了墨脱县香蕉、青辣椒等农产品的输出，墨脱公路通车后县城到八一镇的运输时间仅为一天，运价成本可以降到每斤 3 毛 5。

邓超：80K 是一个标志性的地点，那个地方有很多大的物资仓库，为什么要建那么大的物资仓库，因为夏天的时候一定要从波密把物资拉到 80K，得储备在那里，因为那时候南边的路是不通，把物资储备，大到用的像钢材、水泥、建设物资，小到咱们的牙刷、毛巾都是得在夏天要运到 80K 在物资仓库储备起来，然后等到冬天把它运进去。如果是采用这样的运输方式，这个物资运输的成本得多高啊，现在路通了之后可以一鼓作气开过去。

中国唯一不通公路县
西藏墨脱今日全线开通公路

中国国际广播电台——录音报道

今天上午西藏墨脱通车仪式在墨脱80k处举行，西藏墨脱县将正式结束“全国唯一不通公路县”的历史。

墨脱在藏语译为“隐秘的莲花”，是西藏东南部最为偏远的一个县，是全国2100多个县级辖区中，至今唯一不通公路的县。主要因为墨脱公路建设区域存在大量滑坡、泥石流、水毁、雪崩等险象，尤胜蜀道之难。

今天墨脱公路的通车让墨脱女孩边玛央前不由想起了2001年小学毕业的她怀揣着梦想与母亲一起花三天时间徒步翻越雪山踏上前往内地求学的经历。想到如今的学生可以通过墨脱公路安全轻松地踏上求学之路，白玛央前欣喜不已。她说：

“没有在墨脱生活过的人，恐怕永远也不能理解这条公路对于墨脱百姓意味着什么。它的开通意味着我们可以享受更低的物价、更好的教育、更好的医疗、接触更多的现代文化……”

墨脱公路是国务院批准立项的重大公路建设项目，2009年4月20日开工建设，全线采用四级公路技术标准，全长117.278公里，总投资15.99亿元。突破了地形起伏最大、自然坡降最大、降雨量最大、地震烈度最高、地质灾害最多、地质条件最复杂的施工难度。墨脱公路建成后，进出路途缩短24公里，全年通车时间将由以前的3至4个月提高到8至9个月。

西藏自治区政府主席洛桑江村在现场表示，对于墨脱各族人民来说，墨脱公路是生命线、经济线、幸福线、生态线、国防线。将来在环保优先、生态优先的前提下，有计划有重点地适度开发，适当发展一些特色产业。

据悉，上世纪60年代到90年代间，党和国家先后四次实施了建设，最终因复杂的地形与地质气候条件，以及当时的人力物力限制，没能完全成功。此次经过全体建设者四年零六个月的艰苦努力，墨脱公路建成通车。国家交通运输部总工程师周海涛说：

“墨脱公路的建设实现了全国县县通公路的梦想，是我国公路建设史上具有划时代意义的里程碑。但它还不完善，每年仍然会有一段时间，受到水毁、雪崩、地质灾害的影响，保持全年通车的难度仍然很大。”

拉萨朗赛林大院——民族团结的缩影

中国之声《新闻和报纸摘要》报道：

感受藏区变化，关注牧民生活。格桑花开时节，中央台藏区调研报告采访组30多名编辑、记者分5路，行程20000多公里，深入640多万藏族群众集中居住地——西藏自治区与青海、云南、四川、甘肃等地，多角度报道藏区新变化。中央台推出特别报道《藏区调研报告》，让我们跟随记者脚步走进神秘美丽的藏区，走进普通农牧民的家，分享他们的新生活。请听第二篇：《团结篇：拉萨八角街朗赛林大院——民族团结和谐的缩影》。采制：中央台记者罗布次仁。

"小王，我家没电了，帮我看一下。"听到楼下次仁玉珍老阿妈呼唤自己的名字，说家里停电了，家住拉萨八角街朗赛林大院的王迪龙急忙从抽屉里拿起测电笔和改锥下楼查验。次仁玉珍说，每次家里遇到难事，只要王迪龙在，都会过来帮忙。

次仁玉珍："孩子工作太忙顾不上，都是他在帮我。比自己的孩子还亲。"

33年前，王迪龙从浙江来到拉萨做木匠，与藏族姑娘曲桑拉姆联姻后搬进了朗赛林大院。从最初的听不懂藏语到如今和邻里用地道的藏语交流。王迪龙居住的朗赛林大院有藏、汉、回、蒙等民族，是拉萨八角街众多多民族聚居的大院之一。多民族的聚居也使得八角街成为了商家首选的栖息之地。来自甘肃的马良友在八角街经营穆斯林餐馆，他回忆说，最初来拉萨经商时找八角街居委会的老书记租房子，老书记说，来拉萨的就都是我们的客人。

王迪龙："书记特别和蔼可亲，有什么困难只要跟他说他就会马上过来处理好。"

近年来，朗赛林大院，来自五湖四海的租客不断涌入，邻里间嘘寒问暖、其乐融融。

当地居民（藏语压混）："我们大院是城关区和吉热居委会公认的民族和谐大院，现在民族成分越来越多，但和谐、关爱、团结的风气依然很好。"

王迪龙："我在这边交了好多特别好的朋友。我过汉族节日的话他们会过来，过藏历年的话我也会过去。"

西藏自治区党委书记陈全国表示，民族团结是西藏各族人民的生命线。"大家都为民族团结做贡献。所有党中央国务院的民族政策在西藏我们都扎扎实实落实好，包括一系列的像扶贫开发的政策。现在我们各族干部群众就是同呼吸共命运、心连心，共享伟大祖国的温暖、社会主义大家庭的温暖，这一点西藏做的是扎实的。"

记者手记——在西藏，无论是广袤无际的羌唐草原还是生命极限的天边阿里，处处都能感受到各民族和谐共融、团结友爱的风气。对于少数民族占总人口91.5%的西藏来讲，民族团结是西藏各族人民的生命线。只有牢固树立

“汉族离不开少数民族，少数民族离不开汉族，少数民族之间也相互离不开”这一思想，才能实现西藏社会的长治久安，才能促进西藏经济社会的跨越式发展。

【走基层·藏东行】(选登)
益西江措的致富梦

昌都察雅5月15日消息　记者索朗达杰、罗布次仁：

“这边是我们的鸡舍,如果建完了可以养2000多只鸡,到那时我们如巴村民就有了自己的特色产业。”

面对一米多高仍在修建当中的土墙和几间零星的房屋,宽阔的场区显得格外的冷清。然而对于益西江措来讲,这里是他圆梦的起点。

益西江措的家位于西藏昌都地区察雅县荣周乡如巴自然村,这里高山叠重、梯田层层,开凿在半山腰上的乡间土路,犹如一道悬滞在蓝天绿水间的浮云,把如巴村与察雅紧紧相连。4年前,在察雅县城从事机械修理的益西江措怀揣着带领乡亲们共同致富的梦想和攒存多年的积蓄从这里踏上了回乡的路。

“那时在县城我给人修表,多的时候一个月能挣2万多元,少的时候也有几千块,但平均下来有1万元左右。”回忆起在县城经商的那段生活,瘦小黝黑的益西江措略感骄傲地说。

由于缺乏产业项目的支撑以及群众商品意识的淡薄，在如巴村像益西江措这样既懂得土木工程、机械修理又具有创业意识的年轻人极其缺乏，仅依靠低廉的劳力输出来实现短期就业。益西江措说，那时看到村里的年轻人不知道干什么，一天无所事事的样子使他更加坚定了创出一番事业的决心。

2010 年，在做前期市场调研的益西江措偶然发现藏鸡蛋和藏鸡肉越来越受群众青睐，但当时察雅县并没有一家藏鸡饲养场，货源皆由外地商家调运供给。这一商机使他萌发起了养殖藏鸡的念头。

“我刚开始买了两只鸡苗在自家院子做试验，第二年便孵化出了十只小鸡，看着它们在满地追逐嬉戏的样子，我的心里乐开了花。”

初试的成功使益西江措看到了带领乡亲致富的曙光。经过两年多的摸索，如今他的藏鸡种群达到了 120 多只，鸡苗孵化率也提升至 90% 左右，成为如巴村第一个藏鸡养殖户。谈起藏鸡养殖的效益，益西江措有着道不完的喜悦。

“一个藏鸡蛋 2 块钱，一只藏鸡 150 块钱。一个月除去从村民手中购买饲料的费用和雇员的工资，有 3 万多元的纯利润。”

随着益西江措养鸡规模的逐步扩大，前来预订鸡蛋和肉鸡的群众逐渐多了起来。正当生意红火之时，他却做出了一个出乎意料的决定，不再出售鸡蛋。他在谋划着一个巨大的蓝图。2013 年，他一边带领村民加大雏鸡孵化力度，一边在离家较近的山坡上投入 17 万元资金盘下了 50

多亩的草滩，搞起了藏鸡养殖及经济林木种植基地。在与记者的交谈中益西江措表示，他只想用自己学到的技术，给村民带个头。

“自己脱贫致富了，不能忘了乡亲，希望带动一批人干出更大的成效来。”

永不凋谢的民族团结之乡——硕督镇

昌都洛隆5月15日消息　记者索朗达杰、罗布次仁：

从洛隆县城向西大约行驶30分钟，我们便来到一个以清朝汉族墓群、藏族灿烂文化壁画、夯土筑成的防御工事等众多古建遗迹簇拥的现代藏家村镇——硕督村。一眼望去，缓缓流淌的达翁河和日许河在这里交融欢腾，依山而建的梯田在涓涓流淌的山泉边凝望着擦肩的过客，仿佛诉说着发生在这片土地上的故事。

硕督，在藏语中的意思为“险岔口”。回望历史，古时候这里便是茶马古道上的重要驿站，是川藏要道上的重镇之一。元朝时期，这里就开设了粮店；到了清朝，建立起了硕督府，旧西藏噶厦政府时期在这里设立了硕督宗。古时候的硕督由于处在咽喉要地，商贾云集常住人口达五六千人之多。在记者走访时有些老者告诉记者，听父辈讲起那时本地最大的几家商人都有自己的马帮，因此可以买到内地、印度、拉萨的各类货物，茶馆、酒馆比比皆是，商贸十分发达。

1912年6月，英国侵略者策划了西藏叛乱，川军将领尹昌衡率部队西征路过此地驻扎。期间尹昌衡严令部队尊重藏族群众风俗习惯和宗教信仰，以严明的纪律赢得当地藏族群众的极力支持，加之尹昌衡的字"硕权"中有一"硕"字，又担任四川都督府都督，故而后人将此地取名为"硕督"。这也成为当地居民对硕督村地名起源的另外一种说法。

硕督村是一个以农业为主的藏家村庄，全村 243 户，1160 人。据了解，从清朝开始这里的村民有着与汉族通婚的传统。洛隆县人大主任巴桑旺堆介绍说，清代时期驻军中汉族与硕督村藏族同胞通婚的后代目前已知的就有 15 人，而现在汉族与藏族通婚的有 19 人。

巴桑旺堆介绍说，坐落在硕督行政村久工丁山麓的清代汉族墓群遗迹是汉藏民族团结、和睦共处最有力的历史遗迹。除此之外，1951 年十八军 154 团 1 营进军拉萨时曾驻扎在此。当时，他们将这里的大片荒地开垦出来，播下种子并把收获的粮食和蔬菜送给当地贫苦百姓的善待之举，赢得了百姓的尊重和爱戴，民族团结的传统得到继承。60 年后的今天，当年的那片荒地已经变为一片沃土，硕督百姓正在收获着希望和幸福。

在硕督农牧民的日常生活中，我们依然可以看到许多汉族生活习惯，他们善于腌制酸菜、遇到红白喜事要去抽签卜卦、清明节扫墓、节日里舞龙舞狮……

据了解，清朝时期，驻扎在硕督村的军队教当地牧民群众腌制酸白菜，一直传沿至今。目前，硕督村的绝大多数住户都有腌制酸泡菜的习惯，每到秋节，绝大多数住户都将地里收获的白菜，经过传统的工艺加工后，存储在器具中加以保存，至冬春季节食用。他们对白菜的加工方法、保存方式、食用的季节与生活在我国北方的汉族和其他少数民族极其相似。在个别村民家中还保留着过春节过藏历年时制作锅盔的习俗，其加工工艺和所保留使用用模具，在硕督寺文物如乾隆年间的瓷瓶、锦绣八仙图、汉子木刻以及部分佛像、唐卡等文物中都有反映，这些文物将硕督与祖国内地的交往提前了300年左右，见证了民族之间团结、谋求发展的过程。除此之外，村民制作锅盔的工艺和模具，源自陕西汉中地区。

2012年，洛隆县县委、县人民政府，在硕督镇举行了盛大的藏汉联姻集体婚礼仪式。"三朵金花传佳话"已经成为硕督民族团结之歌，广泛流传。

近年来，在党和国家支农惠农强农政策的鼓舞下，古老而新颖的硕督村正向文明、先进、美丽、和谐的现代村居开怀迈步。尤其是，随着茶马古道旅游业的纵深发展，硕督村独特的人文景观和旅游资源正被人们不断发现和重新认识。

悠悠茶马古道，虽然看不到成群结队的马帮，听不到清脆悠扬的马铃声，而硕督村以其独特的历史风貌默默谱写着一曲曲美丽动听的民族团结之歌。

藏东村镇的农牧民之家

拉萨7月16日消息　记者索朗达杰、罗布次仁：

西藏昌都地区察雅县创建以“党员先锋服务”站点为依托的西藏首个乡村一站式便民服务平台以来，基层农牧民群众享受到了一站式服务带来的便利。“党员先锋服务”站点，被当地群众亲切地称之为农牧民之家。

走进昌都地区察雅县卡贡乡党员先锋服务站，几十平米的服务大厅内农牧民群众在温馨、热情的氛围中享受着一站式的便捷服务。谈及服务站点，今年64岁的向秋老阿妈有着道不完的喜悦。

“今天我来这里办理养老保险，平时我遇到领什么钱、办什么业务的时候，不太明白怎么去做，而这里的工作人员就给我解答并帮助我去办理。乡里建了这么一个窗口，特别方便，给予了我很大的帮助。”

2012年，针对农牧民群众办事困难的实情，察雅县利用乡镇废弃农贸市场、闲置旧房，投资30多万元开办起了以柜台式服务大厅为模版的一站式便民服务站点，为基层群众提供政策信息咨询、社会事务代理、矛盾纠纷调处、物资发放、就业指导、技术技能培训等项目服务。察雅县原组织部部长陈瑛介绍说，这种党委领导、党员自愿、功能健全、无偿服务的民生工程有效缓解了基层农牧民群众办事难的实际困难，也使基层群众获知惠在何处、惠从何来，惠民政策更加透彻。

“以前百姓虽然享受很多补贴，但由于宣传不到位或因兑现资金不明晰上访的很多。建立先锋服务站以及公开账目、政策上墙等措施，使百姓一目了然，也就没有什么纠纷。”

便民服务乡村一级的延伸，使基层群众实现了在家门口办事的夙愿。尤其是，从要我服务到我要服务，作风的转变以及民情社意沟通渠道的进一步畅通，对及时帮助解决群众“急难愁”，及时把握群众的诉求，提供了平台保障。陈瑛表示，服务站点建立以后农牧民群众7成以上的诉求，当日就能得到解决。便捷、快速的运作模式，不但增强了基层政权的向心力，也融洽了党群干群关系。

“有问题找站点，马上第一时间就解决，很多纠纷在第一时间先锋服务站就解决啦，消除在萌芽之中。我们干部也轻松啦群众也得到实惠啦，达到了极强的惠民目的，老百姓称党员先锋服务站是他们的家”。

截止目前，察雅县共投资410万元建立了13个党员先锋服务站和120个村居党员先锋点，发展党员服务先锋520名。党员先锋服务站点创办一年来，共接待农牧民群众37000多人次，为群众服务26300人次。陈瑛介绍说，党建惠民项目的实施，不但提高了群众工作的针对性、多样性和有效性，让党组织服务党员、让党员服务群众的功能得到进一步拓展,服务基层、服务群众工作更趋系统化、固定化和常态化。与此同时,通过党员考核评比活动,进一步增强了党员干部的责任感、使命感和荣誉感,在基层干部、群众中呈现出党员先进、入党光荣、学先进、赶先进、做先进,你追我赶的良好氛围。

“以前说党建,乡干部或者机关干部都觉得很虚,出不了政绩,所以都不太愿意干。先锋服务站建立以后大家都感受特别深,都愿意干。党建能不能惠民,通过党建能不能维护稳定、带动经济发展?完全可以。所以说党建是抓手、是龙头。”

业务文章

广播优势在西藏的体现

索朗达杰

列宁曾说过：广播是“没有纸张、没有距离的报纸”。这既指出了广播同报纸相同的一面，又形象地指明了广播的特点。

有关专家对广播的优势作了以下的概括：(1)迅速及时。广播传播消息快，几乎不受空间和地域的限制；(2)广泛的群众性。广播传播范围广，亿万人能同时听到，并且少受年龄和文化程度的限制；(3)功能的多样性。广播兼有传播信息、开展教育、提供文化娱乐和社会服务的功能；(4)强烈的感染力和鼓动性。广播是用语言和声音传播新闻和其他各种节目的，有直接的感染力和鼓动性，收听比阅读显得更真实、亲切、生动一些。

联合国教科文组织的一项调查表明，大部分发展中国家的人民是在见到出版物之前，先接触的是广播电视，故而这两个媒体对这些国家具有重要性和生动性。广播电视是我国群众最为欢迎的两个媒体，国内外政治、经济、军事、文化的主要信息他们都是通过广播电视最先获得的。

对于地处祖国西南边疆，交通不便、信息闭塞、面积辽阔、经济不发达的西藏，广播更具有其它宣传工具无法相比的特殊的重要性和特殊的优势。笔者在西藏高原当了十几年的新闻记者，跑遍了西藏大部分县市，曾发现不少边远乡村头年冬天的报纸第二年春天才见到。西藏墨脱县至今未通公路，进出物资全部靠人背畜驮，唯一的山道一到十月份因大雪封山被阻断，直到第二年三、四月份才能开通。西藏许多县、乡、村离拉萨几千公里，看不到电视，见不到报纸。广播就能克服这些季节的、地理的、交通的困难。“广播电视是教育、鼓舞全党和全国各族人民建设社会主义物质文明和精神文明的最强大的现代化传播工具，是党和政府密切联系群众的桥梁。”广播的这一优势在西藏地区尤为明显。

多年来，收听广播成了西藏各族人民获取党中央精神和致富信息的主要来源，特别是在改革开放的新的历史时期，西藏各族人民对政治、经济、文化信息的需求空前迫切，对知识、对文化生活的渴望，对精神生活的追求也进入了一个新的层次。所以，从信息传送和接受手段看，广播是西藏现代传播的最主要方式。

然而，在电视快速发展、更多地走进人们生活的时候，有的同志指出，广播将要被电视取代，没有前途。这种观点是悲观的、不切实际的。我国是发展中国家，这且不论，即使在发达国家，广播也没有被电视取代。这充分说明广播存在的必要性。在西藏这样的边疆民族地区，广播仍然占有十分重要的位置。西藏地域辽阔，交通不便，经济发展相对落后，农牧民占西藏总人口的80%以上，且居住分散，大部分农牧区电力紧缺，有的连照明都靠油灯，看电视困难很大，相比之下，广播更易于普及，更容易被群众接受。因此，从西藏实际出发，大力发展广播，进一步扩大广播覆盖面，是符合西藏现实的。

与此同时，我们还应当看到，广播在全世界范围不仅没有衰落，而且仍然处于发展之中。一个突出的现实就是，西方敌对势力和十四世达赖集团非常重视广播，他们主要利用广播干涉我国内政，妄图把西藏从中国分裂出去。他们以广播作为渗透的主要方式，通过功率大、蛊惑性和煽动性极强的藏语广播节目来煽动民族分裂主义分子反对中国共产党，反对社会主义制度，借所谓的人权、民主等问题大做文章，企图使西藏问题国际化。所以，西藏上空的电波大战、舆论大战十分激烈。据有关部门统计，目前，西藏地区用普通收音机可以收到 22 个国家和地区的 70 多个频率的广播节目，其中用藏语广播的 8 个节目来自 7 个国家和地区，使用的频率多达 20 多个。近两年，西方敌对势力又先后开办了“自由亚洲之声电台”的藏语广播和挪威的“自由西藏之声”的藏语广播，这些广播功率大、声音清晰，人口覆盖面广，政治煽动性强，政治危害大。因此，有关部门应引起高度重视，要提高对发展广播的重要性和必要性的认识。

（中央人民广播电台《编播业务》1997 年 12 月 20 日第 68 期）

更新观念加强西藏经济报道

索朗达杰

西藏是一个特殊的地区,西藏问题在国际上很敏感。西藏分别与缅甸、印度、不丹、尼泊尔、锡金、拉达克(克什米尔)等接壤,边境线近4000公里,是我国西南、西北的天然屏障,是通往南亚的门户,是维护祖国统一、国家安全的前沿,战略地位十分重要。1994年党中央召开的第三次西藏工作座谈会上,江泽民总书记指出:"西藏的稳定,涉及国家的稳定,西藏的安全,涉及国家的安全,西藏的发展,涉及国家的发展。"为此,加快西藏的经济发展,实现各民族的共同繁荣,这是关系到我国社会主义现代化建设全局的重要问题。

党的十一届三中全会以来,党中央、国务院三次召开西藏工作座谈会,明确了西藏经济发展的思路和发展目标,国家并且投入巨资,改善生产条件,加快西藏经济的发展,促进各民族共同繁荣。江泽民同志指出:"民族地区存在的矛盾和问题,归根到底要靠发展经济来解决。所以,我们处理民族地区的各种问题,都必须牢牢掌握经济建设这个中心。"我们的新闻宣传也必须服从和服务于党中央、国务院在新时期为民族工作确定的中心任务。加快民族地区经济发展既然是新时期民族工作的主要任务，理所当然地也应该成为民族地区新闻宣传的主要任务，成为民族地区新闻宣传的主体。

中央人民广播电台作为党和国家的喉舌，多年来，十分重视对西藏的报道，特别是对西藏的经济发展的报道。多次派记者赴藏采访报道。西藏记者站建站16年，也把工作重点放在西藏的经济报道上，写出了不少有分量、质量较高的经济新闻。如：1985年西藏自治区成立20周年时的系列报道《边疆万里——西藏行》、1991年西藏和平解放40周年时的系列报道《来自西藏的报道》、1995年西藏自治区成立30周年时的系列报道《西藏之行》、《中国大西南西藏行》以及反映援藏工程的《西藏掀起第三次建设热潮》、反映对外开放的《世界屋脊的崛起》等等，这些报道在西藏、乃至在全国引起较大反响，对国内外各界人士了解西藏、认识西藏起了不小的作用。

但是，总结和分析过去西藏经济报道，我们会发现，对西藏经济的宣传报道还显得不足。一方面西藏经济报道比较零碎、肤浅，中心不突出；另一方面不少同志认为西藏经济落后，西藏的经济报道对全国没有什么指导意义或影响，因而轻视西藏的经济报道，有些同志甚至说，你们西藏的经济报道能上《全国联播》、《新闻报摘》是照顾的，等等。的确，搞好西藏经济报道有一定的难度。落后地区的落后不仅表现在经济发展水平上，而且表现在经济工作的进展上。中央有关经济工作的方针政策在经济发达地区贯彻落实比较快，有的已经出了成果，有了经验，而在西藏可能刚开始传达、部署。因为经济工作慢几拍，落后地区报道经济工作的经验，不及发达地区来得快、上得多；而且西藏经济新闻难写，一方面可以作为新闻的经济动态不多，另一方面具有新闻特征的经济行为、发展趋势也不多，加上采访路途远、条件艰苦、人难找、材料难搜集。但是这并不是说西藏就没有经济新闻。西藏的经济新闻和全国相比较，有其独特之处，经济新闻的特点、内容和作用，应该是和西藏社会经济生活的现状与发展紧密相关的。

随着改革开放的不断深入和社会主义市场经济体制的建立，以及中央关心和全国各省市的支援，西藏各族人民认真贯彻执行江总书记“绝不允许西藏从祖国大家庭中分裂出去，也绝不允许西藏长期落后下去”的重要指示，西藏也全国各地一样，在政治、经济等方面都发生了可喜的变化。所以要同西藏的过去比经济总体上有了不小的发展；要同内地比，特别是要同沿海发达地区比，目前生产、建设、科研和改革、开放水平肯定相形见绌，以至于觉得很少有什么可以报道的。但是，广大听众对这种“地区差”、“时间差”是体谅的，并不苛求；人们更关心的是同自己的过去相比有哪些进步和新变化；西藏经济社会脱胎于封建农奴制，六十年代初才开始建立社会主义经济制度和秩序。西藏和平解放四十多年来，特别是改革开发以来，西藏发生了翻天覆地的变化，国民生产总值从几亿元增长到 1997 年的 76 亿多元，连续 4 年实现了两位数的增长速度，连续 4 年高于全国平均增长水平，农牧业连续 10 年获得丰收、农牧民人均纯收入超过 1000 元，贫困人口从九十年代初期的 48 万减少到

21 万人;现代工业从无到有,不断发展壮大,西藏经济开始步入快速发展的轨道。这些都是广大听众所关心的问题。

西藏资源丰富,蕴藏着巨大的经济潜力。随着国家战略开发重点的西移,西藏潜在的资源优势将逐渐变为现实的经济优势,这对促进西藏乃至全国的发展,对实现各民族共同繁荣、共同发展,将发挥日益重要的作用。

在新的形势下搞好西藏经济报道,我们首先要适应客观形势的发展,更新观念,把经济报道作为我们的中心任务。中央领导同志反复强调,边疆少数民族地区要把经济建设放在首位,要发展商品生产,让少数民族群众尽快富裕起来。我们应当把民族地区宣传工作的重点及时转移到经济报道上来,只有这样,才能使民族地区新闻宣传适应形势发展的需要和各民族听众的需要。

搞好西藏经济报道,我们也要防止两个问题。一要防止"特殊论",不能认为西藏情况特殊而放松西藏的经济报道。在西藏报道中要用有力的事实批驳西方在"主权"、"人权"等方面的谬论,同时,又要把这种批驳和报道西藏经济发展的现实紧密结合起来。二要防止"落后论",不能因为西藏地区的经济开发比内地、特别是比沿海发达地区差而觉得没有什么可以报道的。西藏已经不是过去封闭的西藏,改革开放大潮在世界屋脊崛起,经济变化巨大,有着极为丰富的新闻资源有待我们发掘。当前和今后一段时间的西藏经济报道,一要加强西藏经济改革和发展的总体报道,向全国、全世界介绍近些年来西藏的深刻变化,给听众以总体印象,避免零碎空泛;二要从多侧面具体报道西藏经济改革和发展的各种典型；三要以西藏经济新闻的事实为依托，从政治角度观察思考，提高西藏经济新闻报道的思想深度。

我们要以高度的历史责任感，加强和改善西藏经济报道，为推进西藏的全面进步作出新的贡献。

（中央人民广播电台《编播业务》1998 年 7 月 19 日第 24 期）

谈谈新形势下的西藏对外报道

索朗达杰

今年是世纪交替之年,是“九五”计划和实现社会主义现代化建设第二步战略目标的最后一年,也是开始向第三步战略目标前进,实施西部大开发战略的起步之年。在这样的新形势下,如何做好西藏的对外宣传报道,是摆在我们每一个对外广播人面前的一个新的课题,也是我们重新认识西藏的一项重要任务。

众所周知,西藏是世界上很敏感的地区。虽然这几年西藏社会局势平稳,总体形势比较好,但是,由于西藏处于反分裂斗争的边疆民族地区,一直被国际反华势力视作“西化”、“分化”中国的突破口。受国际气候变化和十四世达赖集团的影响,西藏社会政治局势依然严峻。随着西方反华势力“分化”、“西化”战略的加剧,以及十四世达赖集团的垂死挣扎,影响社会稳定的各种不安定因素依然存在,甚至可能会出现新的不安定因素。

根据这些情况,西藏的对外报道任务更加艰巨,应该加强和重视。

江泽民总书记在中央第三次西藏工作座谈会上指出:“西藏的稳定涉及国家的稳定,西藏的安全涉及国家的安全,西藏的发展涉及国家的发展”;“决不能让西藏从祖国分裂出去,也决不能让西藏长期处于落后状态”,进一步明确了西藏工作在党和国家战略全局中的重要地位,明确了新时期西藏工作的指导方针,为西藏加快发展、保持稳定指明了方向。我们要按照中央对新时期西藏工作的指示精神,做好西藏的对外宣传工作。

首先要加强西藏对外宣传的针对性。从总体上说,对外报道相比对内报道,要求具有很强的针对性,而西藏的对外报道与国内其他地区相比,针对性则要求更高一些。因为,国外听众一直把世界屋脊上的这块地区当成神秘的地方,特别想了解在改革开放中我国西藏的政治、经济、文化等各方面发生了何种变化。对此,我们的对外报道一是要主动出击,经常地、大量地介绍西藏的发展变化和各方面的成就,让他们逐步了解西藏的真实情况;二是要针锋相对地驳斥国外的污蔑和攻击,逐步清除那些歪曲宣传所造成的负面影响。加强针对性的基础在于深入调查研究,全面掌握国外对西藏的印象和西藏本身的情况,以做到“有的放矢”。西藏记者站建站以来在这方面下了许多功夫,做了不少工作。

其次要注意西藏对外宣传报道的连续性。由于西藏是一个非常敏感的地方,西藏的经济建设和群众生活、民族区域自治、宗教信仰、民族传统文化的继承与发展、藏族干部的成长、西藏同祖国的关系等问题,是国外听众最为关注和经常被国外敌对势力歪曲的主要方面。在这种情况下,西藏对外宣传报道的连续性显得十分重要。我们要把这些方面作为西藏对外报道的重点，反复阐明党对这些问题的方针政策，展示事实真相。党的十一届三中全会以来，我们党十分强调实事求是的思想路线，西藏及其它藏区贯彻落实了党的宗教、民族和统战等政策，平反了过去历次政治运动特别是文化大革命中造成的冤家错案，妥善解决了重大的历史遗留问题，藏族地区的经济和文化教育等各方面有了翻天覆地的变化，人民群众的生活水平不断提高，民族文化和风俗习惯得到尊重，开放和维修了相当数量的寺庙，恢复了寺内的佛事活动，认定了转世活佛，广大藏族同胞心情舒畅，热烈拥护、衷心感谢党的好政策。这些成就和变化，我们要正确、全面、经常地进行宣传。

第三，要坚持客观报道。这一点在对西藏的报道中尤为重要。由于十四世达赖集团经常在世界各地活动、散布谣言，歪曲和攻击我们党对西藏的方针政策和西藏的形势；而且一些西方记者也常常视十四世达赖集团为一个重要的消息来源，有意无意地传播、支持或附和十四世达赖集团的论调，对西藏的过去和现在作了许多歪曲或片面的报道，所以，我们必须坚持用无可辩驳的事实从正面进行宣传。事实是最有说服力的，如实地把西藏的进步、发展变化和取得的成就介绍出去，就能加深国外听众对西藏的正确了解。特别要加大实施西部大开发的宣传力度，大力宣传实施西部大开发的重要意义和对西藏人民带来的实惠以及促进整个西藏经济的发展情况。

（中国国际广播电台 2000 年《国际广播》第 7 期）

广播新闻要从抓“快”字入手

索朗达杰

凡是在国内、区内有什么大型的活动或事件，参加采访报道的新闻单位少则十几家，多则几十家，各路记者成百上千。如何根据各自宣传工具的特点搞好报道？是各家记者颇费思考的问题。笔者在西藏从事广播记者十多年，曾多次参加大型活动或事件的采访报道。从采访报道的实践看，报社记者注重抓“全”字，比较全面地报道每项活动或事件；电视台记者注重抓“像”字，用形象的画面，报道新闻内容；广播电台记者则是着重抓“快”字，力争活动一结束就发消息，然后尽快播出去。

1998年8月7日，国家信息产业部和西藏、青海、甘肃三省区在海拔5320米的唐古拉山口举行兰西拉光缆通信干线全线开通暨江泽民总书记题词的雕塑揭幕仪式。有三十多名首都和三省区的新闻记者参加采访报道，中午一点钟正式举行开通仪式，两点多钟活动基本结束，各家记者回到那曲镇时已是下午五点多钟。我们中央电台采访这一活动的记者一回到那曲镇，顾不上吃饭，立即写出了四百多字的稿件，审定后直接发到北京中央电台编辑部，记者还没有离开那曲回拉萨，下午六点半中央电台《全国新闻联播》节目就已播出，抢在了所有参加此次采访报道记者的前面，充分发挥了广播时效性强的优势。参加活动的信息产业部领导和西藏自治区党委宣传部的领导都称赞中央电台确实“快”。这一点说明，如果广播记者反映得快，写得快，在新闻的时效性方面，任何一个媒体比不了广播。这种例子还有许多。

“快”是新闻的一个特点，也是广播的一种优势。用无线电传来的节目，每秒走三十万公里。这一点比报纸到读者手里，不知要快多少倍。广播的这个优势，有利于新闻时效的大大提高。许多同志认为，广播新闻的改革，首先要求广播新闻快、短、实。我看，这四个方面是相辅相成、相互关联、相互影响的，而“快”字则是关键。记者抓到了新的东西，如果未能迅速报道，新也会变旧；要求快，就是要求记者的稿件尽可能写得简练、短小、实实在在。这个“快”字，对我们广播记者而言是对身体素质和业务素质的巨大考验。

新闻报道要迅速及时，这是我们党对新闻工作者的一贯要求。早在全国解放前夕，一九四九年二月八日，中共中央宣传部和新华总社就发出指示，要求“全党的新闻报道工作必须努力克服迟缓的毛病”，认为“缺乏时间观念和不善于争取时间的现象……这不仅是技术问题，这是我们政治上不够敏锐，工作态度不够认真负责，在工作作风上疲沓粗疏的结果”；一九五四年七月十七日中央政治局通过的《中共中央关于改进报纸工作的决议》中也指出，“迟缓、冗长”是新闻报道的“严重缺点”。要求党的新闻工作者要“及时地”报道新闻。新闻报道要快，这是党对所有新闻工作者的共同要求，无论报纸上或广播中的新闻报道，都要努力做到迅速及时。但是，根据广播的特点，党和人民要求广播新闻比报纸更加迅速及时，发挥快的优势。早在一九五零年六月八日，《人民日报》就发表过题为《各级领导机关应当有效利用无线广播》的社论，明确指出无线电广播有传播新闻、下达政令、交流经验等方面的长处。今天，科学技术和广播事业大大发展了，无线广播更有条件做到“迅速及时和无远不届”。

新闻要快，又不能单纯求快，它的前提是准确，要从政治上着眼，但是又不能以此拖延发布新闻的时间。有些新闻之所以慢，是同我们缺乏时间观念和主动进取精神分不开的。我认为，广播记者应该树立要“今天”，不要“昨天”的观念，尽量不用“最近”、“新近”、“目前”等这类已经过时了的时间概念或术语，多写、多发刚刚发生的、正在发生的事，起码要做到当天发生的事当天发稿，这样才能真正发挥广播新闻“快”的优势。

其实，广播新闻快，本身就是我们的老传统。早在五十年代和六十年代初，我们广播新闻就使用了这样的语句：“现在播送一条刚刚收到的消息”、“现在活动正在进行”，等等。但是文化大革命期间，快的传统受到破坏。党的十一届三中全会以后，经过拨乱反正，快的传统很快恢复和发扬，标明时间的消息不断增加。比如：中央电台早上的《新闻和报纸摘要》节目和晚间的《全国新闻联播》节目以及专题新闻、整点新闻、民族新闻等大都是本台记者采写的当日新闻，节目里还介绍各省、市、区电台和报纸发表的当日新闻。全国不少电台也相继开办了《新闻快讯》、《今日新闻》、《整点新闻》、《半点信息》等节目，这些节目普遍受到听众的欢迎。受听众欢迎的重要原因之一，就是传播信息快，听众所听到的都是新鲜事，耳目一新，满足了人们的"先闻为快"的心理。

新闻如何做到快？有位老广播新闻工作者曾说道："消防队员不快，人民财产将多受损失；军队不快，山头被敌人占领，伤亡就多。新闻工作者不快，同样会给国家和人民造成损失。新闻工作者是应该拿笔杆子的军人，拿笔杆子的消防队员，要走得快，写得快，反映的快，尤其是广播记者，写稿和发稿，都要以时、分、秒来计算"。读了他的这段话，受到很大的启发。

要充分发挥广播新闻快的优势，我认为广播记者和编辑，需要做到以下三点。

第一，努力增强新闻敏感性，善于发现新闻线索和识别新闻价值。往往有这样的情形：在新闻工作实践中，碰到过不少好的题材，由于缺乏敏感性，不善于发现和识别，只是当作趣闻听、佳话传，丧失了新闻时机，事后醒悟了，感到很可惜！要迅速及时地报道新闻，首先要能发现和识别新闻。新闻敏感如何增强？没有什么窍门，概括起来，就是要加强理论学习，熟知党的政策；深入调查研究，掌握实际情况；树立全局观念，了解群众的愿望、要求和思想动向。

第二，加强语言文字方面的修养，练就倚马可待的写作本领和出口成章的表述才能。比如，参加一个会议，如果不能当场写出消息并经审定，就无法"马上广播"。如果搞口头报道，记者不善于随机应变，问题提不到点子上，说起话来前言不搭后语，或者干巴生硬缺乏文采，总是停留在照本宣科、导演做戏、重新录音等水平上，也不能适应事业发展的要求。当然，有些活动，记者可以事先采访，充分准备，甚至写出提纲或初稿，这都是必要的，但是有些时候，有些事件是无法事先准备的；事先准备代替不了现场观察和表述。掌握倚马可待、出口成章的本领要靠多写、多练、多实践。

第三，采编人员要树立分秒必争的时间观念。作风上发扬拼搏精神，这是发挥广播新闻快的优势，实现改革所不可忽视的问题。新闻要快，首先要发现、识别得快，采访、写作得快，这是快的基础和前提。但同时要求编得快，审得快，发得快。哪个环节的轻视或松懈，都会影响新闻的迅速及时。

（西藏广播影视报 2001 年 9 月 18 日第 39 期）

声音——广播的魅力所在

索朗达杰

中央人民广播电台副总编辑王宴青同志在《声音的冲击力与影响力》一文中指出，“声音是广播唯一的元素。声音的品质决定了广播的品质。”的确，这些年来获得亚广联广播电视奖、中国新闻奖等国际、国内新闻大奖的作品来看，除了主题重大、内容新鲜等共同特点外，广播获奖作品的最大特点就是丰富而典型的音响。例如：录音报道《沙漠人家》、《历史性的握手》等等，都是典型音响和背景音响有机结合，用音响传达主题思想。

录音报道是具有强烈的现场感、真实感的一种报道形式，广大听众喜闻乐见。而音响，是录音报道的重要组成部分。广播界共同认为，无音不生色，无响不增辉。广播是给人听的，是作用于听觉器官的，大自然中的一切声音，用于广播中，只要运用得当，都会产生好的播出效果。如果说，一幅照片、一条电视新闻，以完美的构图，鲜明的主题赢得观众喝彩的话，那么，一个受听众称赞的录音报道，应该是典型音响突出、生动、真切、感人的。因此，在某中意义上说，音响是录音报道的生命。正是基于此，对广播新闻工作者来说，声音不再是可以“熟视无睹”的、充耳不闻的、自然的物体运动之声；而是广播的表现手段、或许还是最佳手段。所以，研究录音报道中“音响”，就具有一定现实意义，也是发扬广播独家之长的重要课题之一。

关于录音报道，我从事广播报道二十多年，在广播工作的实践中，特别是与许多广播界老同志的接触当中，对录音报道有了一些感性认识，同时对广播音响的重要性和发挥的作用有了更深层的理解。近年来，多次参加了中央台举办的业务培训班，聆听了多位专家教授的现场口播技巧、音响的意义和使用原则及采制体会、广播精品节目赏析等课程后感触更深。要当好广播记者就离不开录音机，就要天天在音响和语言上下功夫。在二十多年的广播工作实践中深感成功的录音报道以声音取胜的，失败的录音报道往往也败在声音上。

录音报道是广播听众喜闻乐见的一种新闻形式，这种形式，为什么有这么大的魅力？除文字通过播音员准确、优美、绘声绘色地表达之外，恐怕主要原因是录音报道中插进几个能表现主题的典型音响，使听众在不知不觉中进入事件的现场，并从中受到感染，得到启迪。

1998 年，中央台西藏记者站和台编辑部的同志联合采制了一组二十集的系列报道《走进阿里》，在中央电台“九州巡礼”节目中连续播出后，在听众中引起了强烈反响，认为这是一组广播特点鲜明的佳作。在长达一个多月的阿里之行《走进阿里》报道中记者非常注重使用典型环境中的典型音响来调动听众的情绪，使听众的思绪跟着记者的话筒走，让丰富的听觉材料焕起听众视觉上的联想，产生身临其境的感觉，增强报道的感染力和说服力。

赛马是一种非常好看的藏民族传统体育项目，但要以听觉素材来表现比赛场面就不那么容易了。记者采访革吉县赛马会时，始终开着录音机，采录现场一切有可能引起听觉兴奋的声音。这样，在《跑马溜溜在革吉》这集报道中，通过骑手们比赛时此起彼伏的呐喊声、马匹奔跑时清脆悦耳的铜铃声以及藏族青年男女欢快动人的歌声，听众不难想象赛马现场的欢腾场面。

富有西藏地方特色的开始曲《走进西藏》、记者现场口播、典型环境中的典型音响加上人物采访录音，系列报道《走进阿里》就这样一路“响”个不停。

云南人民广播电台社教部的一位负责人说，《走进阿里》大型系列报道真实、朴实、自然。通过记者耳闻目睹的第一手材料，从一些普普通通的新闻事实中，向人们展示了一幅活生生的阿里地区人民艰苦奋斗的生活画卷。整组报道真实、可信、感人，并且报道采用记者现场报道形式，大量运用听觉材料，有很强的现场感，使广播听觉新闻的优势得到充分发挥。

还有山东人民广播电台的一位同行称赞《走进阿里》系列报道是一组充分发挥广播优势，赋有感染力的报道，给人以真实、亲切的感觉。

声音是广播表现的重要手段，《走进阿里》这组报道大量采用了典型环境中的典型音响，如自然界风沙的音响、特殊环境中的柴油发电机的声响、各种场合各界人物的对白等等。这些大量的现场音响的运用充分调动了听众的情绪，使听众随着记者现场采访的感觉走。通过听觉唤起人们视觉的联想，使人如临其境、如闻其声、如见其人，达到一种美感，产生一种共鸣。

这组录音报道曾荣获中国新闻奖一等奖和中国广播新闻奖一等奖。

音响是客观存在的。我们周围的世界是音响的世界，从生活中的喜怒哀乐，到自然界的小河流水、大海怒涛，以至海轮的汽笛、飞机的轰鸣、动听的歌声，总之，形形色色的音响组成了我们这个多彩的世界和多彩的生活。祖国是辽阔可爱的，生活是沸腾多姿的，我们的录音机应当录下那些生活气息、地区特点和民族特色的音响，并使它在广播中再现。

由于报道的题材不同，各种音响所发挥的作用也不一样。录音报道中的音响，就其与新闻事实的关系而言，也可以分三种：主题音响、气氛音响、过渡音响。主题音响或主体音响，是指反映现场新闻事实体现主题的典型音响，是制作录音报道不可缺少的“骨干材料”，也是记者搞与不搞录音报道的依据；气氛音响或背景音响，是体现环境气氛的音响。在录音报道里，它的作用在于烘托气氛和表现场景的作用，能增强听众的现场感，但不宜过多，多了就冲淡了主题，削弱宣传效果；过渡音响，安插在段落之间，体现时空转换，起承上启下的作用。

现场丰富多彩的音响，也要紧紧地扣住主题、体现主题思想。录音报道和其它新闻报道一样，都需要有一个鲜明的主题思想。报道中的文字和音响，都要按主题去结构、铺设,或详或略,最后达到突出主题的目的。严格地说,音响与文字相比,音响在报道中占主导地位,起表现主题、深化主题作用。

1986年中央电台西藏记者站的旺堆、莫树吉采制的录音通讯《特殊的祭礼》,是典型音响和背景音响有机结合,突出主题思想的一篇佳作,曾荣获中国优秀广播节目一等奖。这篇录音通讯所反映的是西藏著名的格鲁派寺庙之一拉萨色拉寺400名喇嘛为日本友人山悬登先生逝世一周年举行佛事活动的情况。全篇共采用了五个音响:锣声、诵经声、高僧念山悬登先生生平声音、喇嘛在火葬场念经实况、山悬登先生的夫人的谈话。这五个音响很典型,选得好、用得恰当。没有锣声、诵经声,就体现不出隆重场面;没有山悬登先生夫人的谈话,报道就不可信,说服力不强。另外,音响的安排很精巧。一开始就出深沉而悠长的“锣声”,这样把听众的思绪即刻带到雪域高原,带到祈祷现场,全篇景和情,行文和音响有机地结合起来,浑然成为一体。

广播是靠声音来向群众作宣传的,而录音报道最能发挥这一长处。要做一名称职的广播记者,就必须认识广播的特点,认识音响的作用,重视和善于使用录音机、正确使用录音机,在采访中不断探索和创新,采录出真实的、生动的、鲜活的、清晰的、有分量的高质量音响。

(西藏广播影视报2001年10月31日第45期)

民族地区新闻报道特点浅见

索朗达杰

党和政府历来特别关心少数民族地区的社会、经济发展。同样，也非常重视边疆民族地区的新闻宣传。2000年9月16日，时任中共中央总书记的江泽民同志就加强西藏、新疆广播覆盖做出重要指示。2003年初，中共中央政治局常委李长春同志考察中央新闻单位时，明确提出要不断改革创新，使我们的工作体现时代性，把握规律性，富于创造性。因此，我们搞民族地区新闻宣传，也要把握规律、把握特点。我在少数民族地区从事广播新闻工作20年，长期的新闻报道实践使我逐步认识到，民族地区新闻报道既有和其他地区一致的地方，又有其自身的特点。深刻认识和把握这些特点，无疑对搞好民族地区的新闻报道工作有着很重要的意义。

构成民族地区新闻报道不同特点的因素很多，既有政治、经济、文化、历史等方面的原因，又有地域风貌、风俗习惯、心理素质等方面的因素。但总括起来看，我认为民族地区新闻报道主要有三个方面的特点，即民族政策特点、文化(包括宗教习俗)特点和历史背景特点。

首先，把握好党的民族政策是顺利开展民族地区新闻工作的保证。党的民族政策牵涉到少数民族地区政治、经济、文化等各个方面的工作，在日常的采访报道中，记者的头脑里必须时时都要有一种民族政策的意识，并把它慢慢变为新闻实践中的自觉行动。这样新闻报道采写就可以避免出现偏差和错误，尤其是能够避免出现政策和方向性错误，报道就可以比较准确地切中当地新闻事实的真实的核心。

1999 年6 月17 日至7 月6 日，第十一世班禅额尔德尼·确吉杰布在西藏拉萨市和日喀则进行宗教佛事活动。这是十一世班禅继任三年多来首次进行大规模佛事活动，是国际、国内瞩目的、具有重要影响的活动。我有幸参加了此次活动的采访报道，亲眼目睹了年仅 9 岁的十一世班禅在藏进行佛事活动的全过程，也目睹了广大僧俗信教群众十分虔诚、信仰和拥戴十一世班禅的隆重场面。十一世班禅此行表面上看是纯粹的宗教佛事活动，但是从根本上来说，无疑也是一项敏感的重大政治活动。它涉及到民族宗教政策、民族统战政策、民族团结政策等很多方面，是一项政治性很强、政策性很强的工作。所以，搞好此项活动的宣传报道，对于深入开展反分裂斗争，维护区内稳定、增强民族团结，对于正确宣传党的民族宗教政策和提高十一世班禅在广大信教群众中的威望，对于积极主动地开展国际斗争具有重要的意义。这次班禅回藏的国际形势与以往不同。以美国为首的西方敌对势力利用民族宗教问题干涉我国内政，给民族分裂分子打了气，在藏族群众中造成了一定的消极影响。在这种情况下，我们的新闻报道稍有不慎，不仅会给境外敌对势力尤其是十四世达赖集团授以话柄，还可能会影响甚至伤害广大信教群众的感情。因此，能否在新闻报道中把握好分寸，既对佛事活动给予及时充分的报道，又能恰倒好处地体现党的民族宗教政策的贯彻落实，无疑关系到报道的成败，不能有丝毫的疏忽。

为做好这次新闻宣传报道，我们根据中央的宣传精神和十一世班禅在藏活动安排制定了详细的报道计划，对十一世班禅在藏期间佛事活动的全部报道，突出了十一世班禅经过几年的专心学习，已学有所成，无论是佛学方面还是文化知识方面都有了很大进步，既能给僧人灌顶也能主持法会；突出了十一世班禅出行时受到僧人、群众的夹道欢迎等场面；重点是他遵循藏传佛教仪轨，一直被信众所承认，有威信；适当报道了十一世班禅的言谈，以示他的爱国爱教之心和日常学习生活情况。同时，注意了当地党委政府及社会各界对十一世班禅此行的关心和重视，以及整个活动欢乐祥和的气氛，僧俗群众对十一世班禅此行，对党的宗教政策及整个宗教事业的发展，对当地改革开放以来翻天覆地变化等多方面的内心感受和认识。这组报道共采制 25 篇，全被中央电台和国际电台采用，在国内外特别是宗教界和当地僧俗群众中引起了很大反响。中央统战部和西藏自治区有关领导给予高度评价，认为整个报道的政策把握准确，报道及时充分，在宣传党的宗教政策、教育团结广大僧俗群众、树立十一世班禅的威信等方面起到了很好的作用。

其次，了解和尊重民族文化是做好民族地区新闻工作的基础。少数民族文化，包括宗教习俗是千百年来的社会历史发展中，少数民族人民所创造的精神财富的凝结，代代传承，并且不断丰富，在少数民族人民的生活中占有十分独特神圣的地位。随着时代的发展，尽管少数民族文化在不断地发展和进步，而在很多方面有着极强的稳定性，在某种意义上，它支撑着一个民族的精神天空，牵系着一个民族最神圣的感情和最敏感的神经。例如，西藏基本上是单一的民族——藏族居住的地区。由于地处"世界屋脊"，在长期的历史发展中，形成了独特的民族心理素质、民族感情和风俗习惯；不仅几乎是全民信仰藏传佛教，而且宗教在藏族群众中有着长期、深刻的影响，渗透到广大藏族群众中的生产、生活和婚丧嫁娶等各个方面。早在中国人民解放军进军西藏时，毛泽东同志就一再告诫我们："西藏考虑任何问题，首先要想到民族和宗教问题这两件事，一切工作必须慎重稳进。"又如，1985 年西藏自治区人民政府颁布公告明确规定："天葬场是进行丧葬的场所，任何人不得擅自前往，干扰丧葬的正常进行。任何人不得对天葬仪式进行围观、拍照、摄影、录相等活动"。因此，在采访报道中，一定要在了解的基础上，对各民族的文化包括风俗习惯、宗教习俗给予充分的尊重，这是对在少数民族地区从事新闻工作的记者的起码要求，是做好民族地区新闻工作的基础。否则，不仅无法与采访对象接近沟通、影响采访报道的正常进行，甚至会伤害到民族感情，发生一些不必要、不应该的误会或过失。更重要的是会影响民族团结和社会稳定。

第三，独特的历史背景是发掘民族地区新闻的重要参考。各民族的历史发展进程、自然环境的不同，呈现在我们面前的现实生活和自然风貌也就会与别的地区有大大小小的差别。这是很自然的事。因此,作为新闻记者,如果不善于把现实生活中发展变化着的事物放在各自的历史背景下认真考察,就会使新闻擦肩而过,对许多本来是新闻的事实视而不见。对于在今天还欠发达的少数民族地区工作的记者来说更是如此。在发掘民族地区经济新闻的过程中,民族历史发展背景的参照性更为重要。这些地区由于历史原因基础十分薄弱,经济比较落后,所以,如果单从经济增长的绝对值来看,显然不会感到它的新闻价值,也就是说,你就会很难发现新闻。但是,如果换个角视,把事实放在特定的历史背景下考察,从历史发展的角度来分析,你就会发掘出很多令人惊叹的重要新闻。例如,西藏经济社会脱胎于封建农奴制,六十年代初才开始建立社会主义经济制度和秩序。所以,西藏要同比内地,特别是要同沿海发达地区比,目前生产、建设、科研和改革、开放水平肯定相形见绌,以至于觉得很少有什么可以报道的。但是,广大听众对这种"地区差"、"时间差"是体谅的,并不苛求;人们更关心的是同自己的过去相比有哪些进步和新变化。随着改革开放的不断深入和社会主义市场经济体制的建立,以及中央关心和全国各省市的支援,西藏各族人民认真贯彻执行江泽民同志"绝不允许西藏从祖国大家庭中分裂出去,也绝不允许西藏长期落后下去"的重要指示,西藏也和全国各地一样,在政治、经济等各方面都发生了可喜的变化。因此,要同西藏的过去比经济社会总体上的进步和发展。西藏自治区国民生产总值从几亿元增长到去年的二百多亿元,农牧民人均纯收入已达1800多元；现代工业从无到有，不断发展壮大，西藏经济开始步入快速发展的轨道。了解了西藏独特的历史背景，这些变化为我们做好民族地区的新闻报道提供了广阔的舞台。

总之，民族地区的新闻工作具有其多方面的独特性，民族地区的新闻工作者只有在实践中不断探索和总结，才能使采访报道更加真实深刻，才能将这里正在发生的代表时代发展方向的新闻及时报道出去。

（2005年《中国广播》第7期）

试述新时期广播媒体在涉藏维稳中的地位与使命

索朗达杰

当前，在两岸关系趋于缓和的情况下，“西藏问题”进一步成为西方政府、议会、媒体和民众聚焦于我国的重点话题。在国家对西藏的战略定位中，确保国家安全和西藏社会稳定，是压倒一切的大局任务。文化安全是国家安全的重要构成因素，拉萨“3·14”事件再次引起中国新闻界对民族报道的高度重视。由于西藏特殊的社会条件，广播与其他媒体相比，在构建和谐社会、建设平安西藏中具有重要地位和特殊优势。如何提高认识，将这种优势转化为传播实践，以春风化雨的力量，传达中央声音，反映藏区心声，凝聚人心，助推西藏独具地域民族特色的社会经济文化发展，是我们国家电台面临的严峻课题和当然使命。

一、广播在涉藏维稳中的重要地位和特殊作用

我们应从国家统一、社会稳定的高度认识新时期广播在涉藏维稳中的地位与作用，做好涉藏宣传报道。

西藏地处“世界屋脊”，高寒缺氧，面积辽阔，交通不

便。民主改革五十年来,西藏各族人民在中央人民政府的关怀和全国人民的支援下,以主人翁的姿态迸发出创造美好生活的巨大热情,推动西藏经济社会实现了跨越式发展,各项事业取得了举世瞩目的历史性成就,极大地改变了昔日贫穷落后的面貌,为西藏现代化事业发展奠定了坚实的基础。但是,毋庸置疑,由于自然条件恶劣,也由于脱胎于落后的封建农奴制社会、起点很低等社会历史条件的限制,西藏在全国目前还属于欠发达地区。西藏的经济总量小、发展水平低,农牧业和生态环境脆弱,基础设施薄弱,科技教育落后,缺乏自我积累和自我发展能力,现代化发展程度与内地尤其东南沿海地区相比还存在着较大差距。

(一)广播是西藏现代传播的主要方式

广播作为现代科技、现代工业发展的产物,其传播影响力对于地处边远、地域辽阔、交通不便、文化水平较低的少数民族地区更具比较优势。中央台从1950年5月起开办藏语广播,这是中央为配合西藏和平解放所作出的一项重要决定。藏语广播是中央台开办的第一个少数民族语言节目,成为当时西藏重大信息的第一发布平台,在西藏和平解放的历史进程中,起到了重要的舆论先导作用,得到了毛泽东、周恩来等老一辈革命家的关注,毛主席对藏语广播的方针问题作过重要批示,周总理多次直接安排藏语广播的播出稿件。西藏和平解放后,藏语广播在平息叛乱、实现民主改革和社会主义建设中发挥了重要作用。广大农奴通过广播直接了解了西藏叛乱的真相,全身心地投入到民主改革的洪流之中,在农奴制度的废墟上创造了人间奇迹。

藏语文属汉藏语系,千百年来一直是西藏人民的重要交际工具,是西藏文化的重要标志和载体。党和政府高度重视保障西藏人民学习使用藏语言文字的权利,西藏人民广播电台自1959年建台以来,始终以办好藏语广播为重点,为藏族群众服务。多年来,收听广播是西藏各族人民获取党中央精神和致富信息的主要来源,特别是在改革开放的新时期,西藏各族人民对政治、经济、文化的要求空前迫切,对知识、对文化生活的渴望,对精神生活的追求也进入了一个新的层次,促进了西藏广播电视的迅速发展。广播、电视人口综合覆盖率分别从1978年的18%和2%上升到2008年的88.8%和89.9%,实现了全区乡(镇)、行政村通广播电视的目标。

(二)广播愈来愈成为反分裂斗争的重要阵地

西藏地处反渗透反分裂斗争的第一线。独特的地理环境决定了西藏的安全关系到全国的安全,西藏的稳定关系到全国的稳定。由于特殊的政治历史原因,西藏处于与十四世达赖集团及支持他们的西方敌对势力斗争的前沿。多年来,境外敌对电台采用大功率、多频率、长时间播出等方式,对西藏进行思想渗透和反华宣传,大肆鼓吹民族分裂,煽动民族仇恨,破坏西藏的经济发展、社会稳定和民族团结。如,以美国为首的西方敌对势力利用所谓"西藏问题","西化""分化"中国的战略图谋始终没有改变,十四世达赖集团图谋"西藏独立"、分裂祖国的反动本质始终没有改变，他们不断调整策略和手法，变本加厉地进行各种分裂破坏活动。据有关资料显示，上个世纪九十年代，仅在西藏地区就可以听到22个国家和地区的约70多个频率的广播节目。其中有20多个频率是用藏语广播的，这些广播以强大的功率和蛊惑人心的内容覆盖了西藏的广大地区，危害十分严重。

为净化西藏、新疆等西部地区的空中环境，解决西部少数民族地区群众听广播看电视难，确保国家文化安全，2000年中央作出实施“西新工程”的重大决策，这是建国以来国家对广电系统投入规模最大的加强西部地区广播电视覆盖的工程。“西新工程”及1998年开始启动的“村村通工程”建设，基本解决了西部地区空中广播敌强我弱的态势。广播在西藏的优势越来越明显，多次针对西方国家在民族问题对我国的攻击和污蔑，组织反击性报道，以正视听。如，拉萨“3·14”暴力事件中，中央台守土有责，根据反渗透斗争的新情况，全面加强新闻宣传，着力对藏语节目进行大规模的调整，增加了节目制作数量，延长了播出时间，全台形成强大宣传声势，在澄清事实真相、激励社会人心的反分裂斗争中发挥了重要作用。

害莫大于乱。每当社会局势动乱，西藏的发展就会受到严重影响。1959年西藏上层反动集团发动的全面武装叛乱，上世纪80年代中后期十四世达赖集团在拉萨煽动策划的一系列严重骚乱事件，给西藏经济建设带来巨大损失。拉萨“3·14”打砸抢烧严重暴力犯罪事件，造成2008年上半年西藏全区经济增速降低 7.3 个百分点，回落到近年来的最低水平。历史和现实反复证明，维护社会稳定，是西藏经济发展和社会进步的前提。特别值得我们深思的是，尽管中国媒体集中用第一手资料和大量事实揭穿了一些西方媒体的虚假报道，还原了拉萨事件真相，但国际舆论“西强我弱”的态势还没有从根本上改变。一些西方媒体的偏见与傲慢，甚至刻意歪曲事实，以民族问题为借口颠倒是非的报道，使得我们必须重视并切实加强民族报道，做好涉藏维稳宣传。

(三)中央台藏语频率开播是加强中央声音入藏的重大举措

为落实中央关于推进“西新工程”建设，充分发挥广播在涉藏维稳中的突出作用的指示精神，2009 年 3 月 1 日，中央台新推出第十一套节目藏语广播频率。藏语频率全天播音 18 小时，以报道国内外重大新闻、传播西藏的历史文化、服务藏区各项建设、满足不同地区多层次藏语听众需求为宗旨，在拉萨以调频播出，在西藏、四川、青海、甘肃、云南各藏区，用 7 个短波频率发射覆盖，在北京以中波播出。中央台藏语频率的开播，是我国广播事业特别是少数民族语言广播事业发展史上的一件大喜事，标志着中央台藏语广播进入一个新的历史发展时期。目前，国家已把广播电视列入基础设施建设项目，把广播电视网作为国家信息化建设的重要组成部分给予高度重视。西藏战略地位的特殊重要性，决定了藏语广播必将获得重点扶持。中央台立足台本部及驻站记者力量，在拉萨设立藏语广播编辑部，深入藏区采访，并逐步开发利用全国藏区广播资源，必将为边疆民族地区的稳定繁荣、和谐发展发挥积极作用。

二、新时期广播涉藏维稳宣传的历史使命

在当今全球化信息化时代，西藏对媒体传播能力的需求是全方位多层次的。从西藏区域品牌形象的塑造，到独特文化旅游资源的开发，从政府营销到激活市场，从爱国主义教育到民族文化保护，都需要媒体参与助力。可喜的是，中央台近年发展所形成台网一体、多媒体传播的格局，已经初步展示了这种能力。中央台作为国家电台，要在战略上服务于国家致力于西藏长治久安的政治意图，增强舆论引导的针对性和实效性，推动社会信息流通和文化建设，推动社会安定繁荣，并从中获取自身发展的资源和力量。

（一）以舆论和谐为重点，发挥广播在涉藏维稳中的作用

胡锦涛同志指出："保持社会和谐稳定，是西藏经济发展和社会进步的前提，是西藏各族群众的利益所在、福祉所系。"我们必须强化责任意识，把维护社会稳定放到更加突出的位置。在西藏长治久安和构建和谐社会中，面临的最突出的问题就是十四世达赖集团图谋"西藏独立"。回顾西藏和平解放50多年的历史，分裂与反分裂的斗争从来没有停止过。而西藏的每次动乱都是西方反华势力和十四世达赖集团煽动、挑起的。事实无可辩驳地证明，十四世达赖集团是乱藏祸教的总根源。西藏人民同达赖的斗争将长期

进行下去。这一状况决定了西藏建设和谐文化必须围绕弘扬以爱国主义为核心的民族精神进行。要通过建设和谐文化让祖国观念深入人心,让爱国精神不断发扬光大,为西藏的长期稳定打好思想基础。

舆论和谐是建设和谐文化的重要组成部分。舆论和谐是指社会舆论适应社会发展的需要,与社会发展目标相一致,引导和推动经济社会发展的和谐、各种思想观念的和谐、各种利益关系的和谐,为社会发展进步创造良好的舆论环境。舆论和谐至少有两方面的要求,一是舆论要有利于社会的稳定;二是社会舆论系统的平衡发展。广播作为党、政府和人民的喉舌,首要的是要围绕舆论和谐这个重点做文章。就西藏而言,影响舆论和谐的因素很多,主要是十四世达赖集团的破坏捣乱、社会现实中各类矛盾不断出现、舆论来源渠道呈多元化趋势等。我们要以党的十七大精神为指导,通过解放思想、转变观念、筹划创新等,力求全面提升广播在西藏建设和谐文化中的地位和作用,使之充分发挥喉舌作用、桥梁作用,真正成为维护稳定,维系社会和谐的精神纽带。

(二)加强西藏经济社会发展的主题报道,体现和谐理念

把握正确的舆论导向,抓住各民族共同团结奋斗、共同繁荣发展的主题加强报道,弘扬时代精神,体现和谐理念。今天,西藏已向世界敞开大门,全方位地对外开放,地区经济社会面貌发生前所未有的巨大变化,为报道提供了丰富题材,我们的责任就是通过大量具体报道客观公正地反映

这些事实，要争取主动，“以我为主”，把正面的传播工作做在前面，以更有亲和力和人情味的媒体语言报道西藏历史、传统、文化、宗教、民族、经济社会发展的真实和对西藏认知与把握的真实，用西藏发展的事实说话。中央提出，十六大以来的西藏工作在我们党的西藏工作历史上树立了新的里程碑。事实已经证明中央为西藏制定的新时期西藏工作的指导方针是正确的，是真正造福西藏人民的。我们要紧紧围绕发展和稳定两件大事，充分发挥广播团结、稳定、鼓劲的作用，努力营造与建设团结、富裕、民主、文明、和谐新西藏相适应的良好舆论环境，促进西藏社会整体目标的实现。

（三）打好反分裂斗争的主动仗，构建和谐舆论环境

今天，面对国内外民族问题的新形势、我国民族关系的新变化和新特点，中央提出在巩固和发展社会主义民族关系中的“和谐”成分，意义重大，需要我们提高认识。特别是面对一些民族分裂势力、恐怖主义分子、敌对势力，再加上一些西方国家和国际反华势力一直图谋利用民族、宗教问题兴风作浪的复杂背景，要有清醒的认识，旗帜鲜明地为促进民族关系的和谐而努力添砖加瓦。十四世达赖集团利用讲经和非法音像制品、书刊，特别是利用广播对西藏大肆进行政治渗透，这是我们构建和谐舆论的最大障碍。广播要树立长期作战的思想，以“剥去十四世达赖宗教外衣，还其分裂主义总头目的真面目”为目标，通过设立栏目、找准目标、贴近群众等手段，打好反分裂斗争的主动仗，为维护西藏社会的长治久安创造良好的舆论环境。

（四）在改革创新中壮大主流舆论，构建和谐文化

对于大多数没有在雪域高原生活过的人们来说，西藏传统文明在他们眼里是难以理解、难以想象、神秘而具有吸引力的。如何让西藏传统文化更具有亲和力和现代视角，为构建和谐中国与和谐世界服务？我们要解放思想，勇于创新，让文化融入生活。广播拥有壮大主流舆论的广阔空间，我们在重视传统传播手段的同时，要积极利用互联网、手机短信、手机广播、手机视频、分众媒体等新形式报道手段开展涉藏报道，努力拓展报道阵地。当前，西藏舆论主流是积极向上的，但认真分析后不难发现，在社会舆论整体和谐的背后，在舆论导向和传播内容、方法上还存在一些不和谐的问题，如对社会现实的评价不准确、不科学，对真善美传播弘扬不够，对假、恶、丑鞭挞不力等，广播作为主流媒体应切实承担起自身使命，及时分析舆情，不断提高自己的公信度和社会影响力，不断提高主导社会舆论的能力，在西藏社会中形成强势主流舆论，以凝聚人心、鼓舞干劲。

（五）重视涉藏报道队伍建设，建立长效机制

西藏问题是新闻报道的长期主题，我们应加强调查研究，在新闻宣传制度、报道计划、报道程序、报道要求等方面建立长效机制，努力使报道日常化、制度化、常态化。做好涉藏宣传，发展少数民族广播事业，关键是人才的培养。当前，急需培养一批熟悉西藏问题、精通民族报道的专业化采编播队伍。特别是要注意培养少数民族记者，他们熟悉本民族的历史、文化和风俗习惯，在民族报道方面有独特的优势。此外，从事民族报道的编辑、记者，不仅要熟悉民族地区情况，还要加大对民族报道受众的研究，尤其是重点研究

国内外受众的心理、习惯和思维方式，研究如何使他们更好地接受我们的报道。同时，探讨并创新民族报道新闻表现手法和传播艺术，提高报道的公信力和影响力。

党的十七大报告指出，“建设和谐文化，培育文明风尚。和谐文化建设是全体人民团结进步的重要精神支撑。要积极发展新闻出版、广播影视、文学艺术事业，坚持正确导向、弘扬社会正气。”坚持正确的舆论导向是整个新闻媒体构建社会主义和谐社会的长期任务，广播应该按照这个要求做好宣传工作，充分发挥其在舆论引导中的优势，使之成为构建社会主义和谐社会的中坚力量，在涉藏维稳工作中发挥更大的作用。

（2009年《中国广播》第5期）

试论新时期加强民族报道的重要性和针对性

索朗达杰

我国是一个统一的多民族社会主义国家,民族宣传工作是党和国家整个工作的组成部分。在民族问题长期存在的社会主义初级阶段,通过加强民族宣传工作,促进民族平等、民族团结和各民族共同繁荣,已经和正在引起各级宣传部门的高度重视。特别是改革开放以来,国内外有识之士对民族地区产生了浓厚兴趣。所以有针对性地加强民族报道,对人们更进一步了解民族地区情况,支援民族地区建设,推动民族地区经济文化的发展,加快我国现代化建设步伐有着重要的现实意义和深远的历史意义。

从新闻媒体的情况来看,目前对民族报道都有了不同程度的加强。人民日报、新华社、中央电视台等中央主要新闻媒体不断加大民族报道力度。2000 年中央作出实施“西新工程”的重大决策,这是建国以来国家对广电系统投入规模最大的加强西部地区广播电视覆盖的工程。“西新工程”及 1998 年开始启动的“村村通工程”建设,基本解决了西部地区空中广播敌强我弱的态势。2009 年 3 月 1 日,中央台新推出第十一套节目藏语广播频率,全天播音 18 小时。这些事实充分体现了新闻是时代的镜子和脉搏，它要反映历史的进程和时代的动向。

但是，由于民族新闻事业基础差，起步迟，队伍业务素质不平衡，民族报道中还存在着一些不足和值得重视的地方。目前的加强只是与以往相比较而言，而且报道面也只局限于在民族风情、习俗、节日活动及一些热点问题上，与民族地区发展的实际仍然有差距。因此，加强民族报道、使民族报道工作围绕民族地区的经济建设和社会发展的要求进行，成为开创民族宣传工作新局面，促进国家长治久安的一个十分重要的问题。

那么，应该如何加强民族报道？

一、对民族地区的情况应有深入的了解

加强民族报道，首先要对民族地区的情况有深入的了解。我国是一个多民族的国家，我国少数民族主要居住在边疆各省区。据第五次人口普查资料显示，少数民族人口虽然超过1亿，占全国总人口的8.41%，但民族自治地方却占全国总面积的60%以上。从以上几个数字中可以看出，民族地区有这样几个特点：

第一是地广人稀。我国少数民族人口在分布上呈现“大分散、小聚居”的特点，但主要集中在西部地区。西部12省区的总人口为3.5亿人，少数民族人口为7600多万人，占总人口的21.54%，占全国少数民族总人口的71.92%。在西部除陕西省少数民族人口相对较少、没有民族自治地方外，其他省区少数民族人口都占有一定比率，有些省区则高达95%以上。民族自治地方的面积则达到了西部总面积的85.9%。据有关部门统计,我国东部汉族聚居区,人口分布平均为每平方公里100至400人;而西部少数民族聚居区,人口分布平均为每平方公里10人以下。

第二是少数民族多数居于国防要冲地带。在祖国漫长的21000多公里的陆地边防线上,几乎都居住着少数民族。这些少数民族地区的战略地位十分重要,在巩固边防、加强与邻邦的友好关系方面具有十分重要的意义。例如,西藏自治区位于中华人民共和国西南边陲,与缅甸、印度、不丹、锡金和克什米尔等国家和地区接壤,形成了中国与上述国家和地区边境线的全部或一部分,全长近4000公里。由于特殊的政治历史原因,西藏是与十四世达赖集团和支持他们的西方敌对势力斗争的前沿。以美国为首的西方敌对势力利用所谓"西藏问题","西化"、"分化"中国的战略图谋始终没有改变,十四世达赖集团图谋"西藏独立"、分裂祖国的反动本质始终没有改变,他们不断调整策略和手法,变本加厉地进行各种分裂破坏活动。江泽民同志在中央第三次西藏工作座谈会上指出:"西藏的稳定涉及国家的稳定,西藏的安全涉及国家的安全,西藏的发展涉及国家的发展";"决不能让西藏从祖国分裂出去,也决不能让西藏长期处于落后状态"。这个论述进一步明确了西藏工作在党和国家战略全局中的重要地位,明确了新时期西藏工作的指导方针,为西藏加快发展、保持稳定指明了方向。

第三个特点是民族地区幅员辽阔,资源丰富。无论从南方热带、亚热带到北方高寒地带,还是高原、峡谷、盆地、海岛或沙漠边缘，都有极其丰富的矿产资源，发展经济的潜力很大。地域辽阔的民族地区，在农业方面由于许多富饶的河谷、盆地和平原，有多种多样的气候条件，因而对发展粮、棉、油和其他经济作物极为有利。不少的民族地区，素来就是我国许多农产品，特别是土特产品的重要基地。内蒙古自治区是我国主要甜菜生产基地；新疆维吾尔自治区是我国长绒棉的重要基地。在畜牧业方面，民族地区约有40多亿亩草原，我国五大天然牧场都在民族地区，盛产占世界总数90%以上的牦牛，是我国发展畜牧业的主要基地。在林业方面，民族地区森林面积约占全国森林总面积的37%，木材蓄积量约占全国蓄积量的近50%。在矿产方面，少数民族地区有煤、铁、石油、有色金属和其他稀有元素等矿藏。云南个旧的锡、广西的锰砂、西藏的铬铁矿、贵州的汞矿，其储量在全国居首位。

毛泽东同志指出："我们说中国地大物博，人口众多，是实际上汉族'人口多'，少数民族'物博'，至少地下资源很可能是少数民族'物博'"。少数民族地区有利的自然条件以及丰富的物产资源，既是我国少数民族分布地区的一大优势，也是我国经济社会又好又快发展、实现各民族共同繁荣过程中必不可少的物质资源。

党和国家提出的新时期民族工作总的指导思想和根本任务是："坚持四项基本原则，坚持改革、开放的基本国策，紧密结合少数民族地区和少数民族的实际，从民族平等、民族团结、民族进步、相互学习、共同致富出发，以经济建设为中心，全面发展少数民族的政治、经济和文化，不断巩固社会主义新型的民族关系，实现各民族的共同繁荣。”为此，我们在研究加强民族地区报道的时候，首先就要强调针对民族地区和少数民族的这些实际情况，特别是针对新时期民族工作总的指导思想和根本任务，充分认识到民族报道的重要性和必要性，使我们的民族报道有明确的方向。

二、对民族政策应有充分的了解和研究

解放以来，党和国家根据少数民族地区的实际情况，制定了一系列正确的方针、政策和原则，采取了各种灵活的措施和特殊办法，大力发展民族地区的经济和社会。包括中央为发展民族地区经济，解决东西部差距作出的部署；中央实施西部大开发战略；中央及民族地区的各级政府加强扶贫工作，帮助少数民族解决温饱问题作出的政策措施；民族地区与沿海发达地区按照互惠互利、优势互补的原则开展的经济联合与合作；发展民族地区的大中型企业，特别是大力发展民族手工业企业、旅游业对当地经济发展的带动作用；全国支援西藏；大力加强少数民族干部、各类人才培养的政策；实行民族区自治和制定自治法规以及党和国家的大政方针在少数民族地区的具体化等等。系统地了解和研究党和国家对少数民族的一系列方针、政策和原则，以及它们产生的社会基础、背景，加深对政策的理解能力，是加强民族报道针对性所必须具备的重要条件。因为没有这个条件，不知道政策是怎样产生的，各个时期的重点是什么，就抓不住针对性的问题。而只有通过有针对性的具体、形象、扎实、入脑的宣传，党和国家的这些方针政策和原则才能为

越来越多的干部、群众所掌握。广大群众掌握了政策，把政策化为自己的行动，就会为着一个共同的目标齐心协力地去奋斗，蕴藏在各民族人民中的建设有中国特色社会主义的积极性就会能得到进一步的发挥。

江泽民同志指出："我国经济的发展，离不开东部地区，也离不开中西部地区包括民族地区的经济振兴。西部民族地区的多种丰富资源和某些产业，在我国经济发展中占有举足轻重的地位，蕴藏着巨大的发展潜力。加快中西部包括民族地区的开发建设，已经成为我国经济发展的必然走向。"因此，民族地区经济的发展始终是涉及党和国家工作全局的一个重要因素。民族地区经济的发展在很大程度上影响着我国的民族团结、社会和谐、国家统一及领土完整等到问题，是最终实现国家繁荣昌盛的重要标志。

三、民族宣传的对象要明确

有些人片面地把民族宣传看成少数民族本身的事，认为宣传的对象只是少数民族。应该改变这种观点。2004年10月21日，中共中央政治局就我国民族关系史的几个问题进行集体学习，中共中央总书记胡锦涛在这次集体学习中专门对民族宣传工作提出了明确要求："要大力加强对马克思主义民族理论、党的民族政策和民族基本知识的宣传教育。不仅要教育群众，更要教育干部；不仅要教育少数民族干部，更要教育汉族干部；不仅要教育一般干部，更要教育领导干部。要通过广泛深入的宣传教育，在全社会形成自觉维护民族团结、促进民族地区发展的良好氛围。"

因此，民族宣传的对象不仅仅是少数民族，也要向汉族干部群众宣传介绍少数民族的情况，宣传党的民族政策，让更多的人了解少数民族的历史和现状，了解党的民族政策，了解民族地区地大物博资源丰富。要让大家认识到汉族和少数民族谁也离不开谁的思想是各民族共同繁荣的重要条件，是关系到国家命运的重大问题。只要把汉族、少数民族都当成民族宣传的对象，各民族之间才会相互加深了解和认识，才能相互尊重、平等相处、同心协力、同舟共济，建设有中国特色社会主义才有希望。所以，民族宣传同时以汉族为宣传对象，针对汉族了解少数民族的需要和各民族相互了解的需要，是促进民族宣传面向全国，走向一个更高宣传层次的必然趋势。

四、民族报道面应进一步扩大

胡锦涛、江泽民等中央领导同志对党的民族政策和民族基本知识宣传和民族地区经济发展等方面的重要论述，不仅是少数民族经济发展的实践指南，也为民族报道工作指明了方向，奠定了民族报道的地位。

随着改革开放的进一步推进和中国加入世界贸易组织，全球经济一体化的不断推进，民族新闻的路子越来越宽阔，比任何时候更具广度和深度。二十多年来，涌现出大批反映民族进步、民族团结、民族精神、民族风貌以及民族地区现实生活特色的新闻佳作，并登上了全国好新闻的奖台。

加强民族报道的针对性，并不是要缩小民族报道的报道面，相反，是要进一步拓展民族报道的报道面。因此，扩大民族报道的报道面，让人们对民族地区的改革、开放、搞活等情况有一个比较深入、全面的了解，而不是仅仅了解民族风情、习俗、节日和一般面貌的变化，以便各民族之间更好地加强合作和互相帮助、支持民族地区经济文化的发展。民族新闻的民族性存在于民族生活的各个领域，可是纵观近些年来民族新闻的报道，往往是反映风情方面的个性鲜明，特色浓郁，而反映政治、经济生活等方面的却显得色调平淡，表现不出它应有的个性，似乎给人一种风情才有特色的感觉。诚然，民族风情多姿多彩，光彩夺目，但问题是民族特色绝非风情一色，只要我们在思想上全面认识，从深度上下功夫，其他领域同样能够显现出五光十色的民族特色，而不至于眼光斜视，简单、片面地仅仅投射在某一个方面。

因此，新闻工作者要提高认识，转变观念，要把宣传报道好民族地区的经济社会建设摆到国家富强、政治社会稳定的大局上来考虑，紧紧围绕“加快少数民族地区经济社会发展是全党工作的核心任务”这一时代主旋律，加大对民族地区经济社会发展报道的力度和强度，改变以往民族地区报道比较零碎、肤浅、中心不突出的状况，运用理性的逻辑，多侧面、多角度、超时空、深层次，生动反映和剖析少数民族地区经济社会发展中的重大现象和问题，为少数民族地区的经济社会全面发展鼓与呼。

五、民族报道稿件采用的标准应更新

由于我们在探索民族宣传工作规律方面做得还不够，民族报道在一些同志的脑子里还比较空，对民族报道的指导思想还不得力，对民族报道稿件的处理也跟其它内地稿件一样的标准、一样的要求，甚至过分强调稿件的指导性，使民族宣传受到了一些不应有的限制和约束。其实，那种把先进地区稿件与落后的民族地区的稿件用一把尺子来量，用一刀切的办法简单处理的方式，本身就是脱离实际的。诚然，采用稿件的标准之一要有指导性的因素，但也并不是每条稿件非有指导性才能采用。例如，把西藏同内地，特别是沿海发达地区目前生产、建设、科研和改革等相比，肯定相形见绌，以至于觉得很少有什么可以报道的。但是，广大听众读者对这种“地区差”、“时间差”是体谅的，并不苛求；人们更关心的是竖比的情形，即落后地区同自己的过去相比有哪些进步和新变化。西藏经济发展虽然比内地相对落后，但是西藏民主改革50年来，特别是改革开放30年来，西藏发生了翻天覆地的变化，国民生产总值从几个亿增长到2008年的395.9亿元，农牧业生产连续获得丰收，农牧民人均收入去年达到3000多元，现代工业从无到有，不断壮大。这些成绩有目共睹的，我们应该全面、细致、深度地宣传报道。所以，可用竖比彰显客观的情形，加强民族地区报道。绝对地讲究指导性或效益至上采用稿件的标准，显然对加强民族报道是十分不利的，更何况我们以往采用的其它稿件并不是篇篇都有指导性，并非都在报道经济效益。我想是不是可以在民族稿件的采用上也从实际出发，放宽政策，更新标准，与党和国家对发展民族地区经济文化一样采取特殊的措施，以利于民族报道进一步搞活？

搞好民族报道，切忌假、大、空，要以小见大，以点带面的方法，真实准确、客观公正地反映民族地区的发展进步。我们应当坚持以人为本，塑造一个全面、真实、正面的民族地区形象，切实满足受众了解民族地区发展进步的需求，提高我们民族报道的针对性和实效性。

（2009 年《中国广播电视学刊》第七期增刊

浅论涉藏宣传报道常态化的重要意义

罗布次仁

涉藏宣传报道不但是我国新闻事业的重要组成部分，也是分裂与反分裂舆论斗争的咽喉要地。上个世纪 80 年代末、90 年代初，随着西藏问题对外宣传和舆论斗争的开始，涉藏报道事业进入了高速发展期。经过几十年的发展，如今涉藏宣传平台实现了从传统媒介单一运行到报纸、广播、电视、网络等综合宣传渠道的成型，为涉藏宣传全面发展奠定了基础。但是，从增强忧患意识的角度来看，日常涉藏宣传工作中依然存在着对涉藏问题特殊性、重要性认识的不到位，以及注重重大宣传题材，缺少常态宣传的一些隐忧，从而削弱了涉藏宣传的影响力，间接导致了涉藏宣传冷热不均的现象。

一、涉藏宣传对外报道现状

纵观社会变迁的轨迹，无论在过去还是在今天，西藏都是复杂和敏感的民族地区之一。从 17 世纪中期起，分裂与反分裂斗争一直伴随着西藏社会的发展。特别是 1959 年西藏实行民主改革以来，以十四世达赖为首的西藏流亡分子不甘心失败，联合西方反华势力充当起分化、西化、图谋西藏独立的政治工具，企图把西藏从中国分离出去。正是由于错综复杂的历史和政治因素，才使得西藏问题变得格外敏感。

和平解放60多年来，西藏社会、经济、民生等各方面创造了短短60年跨越上千年的人间奇迹。2011年西藏生产总值达到605.83亿元，财政一般预算收入达到54.7亿元，按可比价计算，分别是1959年的93.9倍和48.5倍。尤其是以免费医疗为主的新农村社会医疗保险制度的全覆盖和各种城镇居民社保体系的建设，西藏人均预期寿命从1959年的35.5岁提高到了67岁，西藏人口也从1959年的122.8万增长到了2011年的303万。原西藏自治区党委书记张庆黎回顾在藏工作经历时感慨地说，每当人们乔迁新居的时候，头一件事就是男主人公将一面崭新的五星红旗插在屋顶上，以表示对伟大祖国的无限热爱之情。西藏人民对伟大祖国的这种真挚情怀，是他在西藏工作期间最大的感受。

在一连串的数字背后，呈现出的是西藏发展变化的社会轨迹。然而由于长期饱受“藏独”思想的影响，加上反华势力的助长，十四世达赖俨然成了不少西方人眼中的“西藏代言人”，对西藏历史和现状的错误认识根深蒂固。西藏生态遭破坏、宗教信仰自由受限、文化毁灭以及人权受压迫等各种荒谬言论，在国外涉藏报道中我们都能见到。作为涉藏报道的媒体人，我们应该持之以恒地做好常态宣传报道，打好舆论攻坚战，牢固掌握话语权，将一个真实的西藏介绍给受众，有着非常重要的意义。

二、涉藏报道常态化的重要意义

翻开新闻教科书，不少都把典型报道作为宣传的“重头戏”或“重型武器”，把中心工作报道作为宣传的“浓墨重彩”，把深度报道作为提高影响的“杀手锏”，但很难发现有对常态工作报道的溢美之词，有的却是“下角料”、“边角料”之类的评述。归结涉藏报道的现状，民主改革以来，西藏经历过几次社会动荡期，1989 年的拉萨骚乱、2008 年的拉萨 3・14 事件等，特别是近期周边藏区自焚事件的不断涌现，西藏敏感节点比以前越来越多。除此之外，萨迦达瓦节、雪顿节等年度大规模传统宗教活动的举办和 3・28 百万农奴解放纪念日的确立，涉藏宣传指定报道任务也随之增加。因此，在日常涉藏报道中中央各大媒体呈现出节点到来涉藏报道热度集中，编辑催、记者赶，一天均有两三篇重点稿件的刊播量，而节点一过却会出现重点板块中有关涉藏报道寥寥无几的状况。这种冷热分明、不均衡的报道方式，对整个涉藏新闻宣传的发展来讲是一种制约，出现了传播机构日趋完善与宣传力度失衡之间的不对等问题。

鉴于涉藏报道的复杂性、尖锐性、长期性以及重要性的特性，应注重建立长效宣传机制，而不应停留在应付性、短暂性的宣传方式。本人在与其他民族同志谈论西藏时，发现除了神秘很多人对西藏一无所知。有人甚至反问，西藏是否有大米、是不是住在帐篷里、孩子上学是不是骑马等奇特的问题。2008 年，中宣部、广电总局下发了《关于全国有线电视网无偿转播西藏电视台汉语综合频道的通知》，很多省、市采取措施贯彻这一指示，但是有些地方依然存在“只上星不落地”的问题。屏幕显示西藏卫视图标，但内容却被各类杂乱不堪的广告所充斥。有些网民甚至对西藏卫视取代个别地方频道的做法持异议，认为“我们已经知道西藏是中国不可分割的一部分，没必要让我们收看西藏卫视”。但同时也有人对此给予高度评价，认为这一举措为国内受众了解西藏提供了平台，表示赞同。在涉藏报道领域，几十年来，我们一直都在遵从让世人了解一个真实的西藏，并为此而奋斗。然而信息高速发达的今天，人们对西藏的认知却如此肤浅，使我们不得不思索造成这种现象的根结究竟是什么。

三、认清形势，树立涉藏宣传常态意识，巩固涉藏宣传的影响力。

相比全国其他地区，西藏并不是一个新闻大省。另外从舆论监督推崇媒体效益的运行理念来看，由于涉藏报道的特殊性也未必可行。无论在历史上还是在今天，西藏都是复杂和敏感的民族地区之一，仍然处于分裂与反分裂斗争的前沿。事实证明，这种斗争趋势不但没有减弱，还呈现出渗透形势多样化、手段更加隐蔽化的态势。因此，在内地如火如荼地发展经济时，西藏还要以稳定当头，因为西藏的稳定关乎着国家的稳定。为了维护社会稳定，在内地早已不是新闻的新闻，涉藏媒体还要不遗余力地宣传，这就是我们经常提到的大局意识、政治意识，也是涉藏宣传领域每一名从业人员的历史使命。若要做好涉藏报道，仅凭每年几次宣传高潮是远远不够的，更需要涉藏报道细水长流，打造常态化报道模式，突出高潮与常态叠加的舆论效果，努力使涉藏报道日常化、常态化。

在新华社西藏分社从事多年涉藏报道的郭超人先生，在谈到西藏报道时提出，“从不同的角度认识西藏，得到的是不同的认识价值。”对于新闻报道也一样，角度选取的不同，产生的效果就不一样。西藏报道涉及到党的民族政策、民族团结、民族宗教等方方面面。因此，在报道中把握好分寸，既要对事件本身做及时充分报道，挖掘新闻背后的宣传价值，又要服务于稳定发展的大局。在当今的西藏，随着人们开放意识的不断增强、经济社会高速发展、农牧民参与市场观念的逐步活跃，因利益纠葛而产生的各种社会矛盾也逐渐增多了起来。鉴于西藏特殊的环境，这些矛盾一旦处理不好就有被反华势力借机炒作，扩大其负面影响，造成社会动荡和国际舆论误解的可能。这种经验教训在以往的工作中确实存在。因此，在部署西藏工作时各级政府总会用“涉藏工作无小事”来鞭策和警醒每一位从业人员慎对涉藏工作的方方面面。这句话既概括了西藏社会的特殊性，也诠释了西藏工作的敏感度。

比如说西藏宗教活动的报道，很多人误认为这是一个不易触碰的雷区，深怕拿捏不准会引起负面影响。而了解涉藏报道的媒体从业人员都知道，宗教活动报道做好了，其产生的影响力是不可估量的。

2003 年 1 月 30 日，为培养具有较高宗教学识的学经队伍，西藏自治区人民政府正式颁布了《西藏自治区藏传佛教僧人学经晋升格西拉让巴学位管理暂行办法》。格西考试，是藏传佛教传统上对经过显宗学科几十年修行的喇嘛进行学位认定的一种方式。2011 年，藏传佛教学经僧人考核晋升格西拉让巴学位迎来了第 7 个年头，作为参加当时活动的记者，本人观摩、采访应考格西拉让巴学位的考僧在大昭寺释迦牟尼佛像前接受来自大昭寺、色拉寺等格鲁派寺庙近 200 名僧人所提出的有关《五部大论》的问难等，通过对传统仪轨现场的描述和观摩信众对宗教需求的切身感受以及赴考僧人潜心修炼佛法三个视角，采写了《2011 年格西拉让巴学位晋升立宗活动在大昭寺举行》的新闻稿件，有力反驳了十四世达赖集团和西方反华势力所鼓吹的“西藏宗教信仰自由受限”言论，充分展现在宽松的宗教信仰政策下，广大宗教界人士学经和学位晋升的合法权益得到进一步保障，藏族信众的宗教需求也得到保障，正常宗教活动受到保护的真实情况，稿件刊播后被众多国内外主流媒体转载，取得了很好的宣传效果。

除了以上所述的主观因素，近年来随着过去熟悉涉藏报道的一批老编辑、老记者陆续离开报道一线，涉藏地区民族报道骨干力量流失严重，而不少媒体又忽视对熟悉和精通民族报道的专家型人才的培养，使涉藏报道力量有所削弱。几十年的涉藏宣传实践告诉我们，只有对西藏的历史和现实有深刻的认识和把握，新闻报道才能服务于国家、服务于人民，否则就会产生消极的影响。

（2012 年《中国广播》）

面对涉藏宣传新格局广播记者应如何应对

罗布次仁

今年10月17日，光明日报西藏记者站在西藏自治区首府拉萨正式挂牌成立，成为继新华社、中央人民广播电台、中国国际广播电台、人民日报、中国新闻社、中国日报、中国经济日报、中央电视台等之后又一个驻藏主流媒体，标志着中央主要新闻媒体全部落户高原。光明日报西藏记者站的成立，进一步凸显了涉藏宣传从原先单一的报纸、广播等传统媒介向电视、网络等立体媒介架构的转变成型，为涉藏宣传报道提供了有力的媒介平台。尤其是2009年，中央人民广播电台藏语节目从西藏人民广播电台剥离，开设专门的节目频率并设置前方编辑部加强自采力度，这无疑为占西藏人口80%以上的农牧区听众提供了更多的节目可选性。然而面对媒介林立的新格局和听众需求的多元化以及采编理念的新变化，作为涉藏宣传一线的广播记者该如何适应并有所作为，更好地完成涉藏宣传报道任务，是我们当前要加以思索的新课题。

一、面对涉藏媒介新格局，增强广播记者的忧患意识

从近几年的发展历程我们不难看出，涉藏宣传事业将

迎来新的发展期。除上述机构的加入，近几年涉藏宣传从业人员编制的增加以及单一宣传渠道向多面领域的拓展，媒体竞争日趋激烈。从新华社西藏分社的情况来看，前几年新媒体中心的成立和新华视频的开播，实现了杂志、网络、电视等多传播渠道。特别是拉萨、昌都等驻点记者站的相继成立，加上原先设置的林芝记者站，区内新闻盲点正在进一步减少，这些布局为下一步延伸新闻触角应对突发事件打下了良好的基础。除此之外，中国西藏网、中国西藏新闻网等网站的开设运行和新闻更新率的不断提高以及人民网西藏分网的即将运行，对媒体记者快速发稿、争取独家、首发，增强新闻时效性提出了更高的要求，媒体间的竞争态势日趋激烈。以往当日消息隔日播报的运作理念，也在与现场同步播报的媒体竞争中受到挑战。面对媒介格局带来的变革以及在其助推下促生的竞争中，作为国家级广播媒体一线的记者，我们应该有所警醒和压力，并将这一压力转换为适应竞争、赢得战胜竞争的新动力。

二、面对新的形势需求，发挥人脉优势广开信息渠道

随着技术手段的日新月异，互联网、微博等沟通平台的不断拓宽，群众获取新闻的渠道实现了多样化。尤其是随着大众传播的发展，新闻信源由通讯员到新闻线人，演变成为新一代的公民记者。面对日益激烈的媒体竞争、大众传播的信息态势，以及驻藏记者站人手紧缺的问题，调动利用好信息通讯员有着极其重要的现实意义。从西藏自治区来看，且不论厅局级机关，七地市120多万平方公里的辽阔地域，几名记者包干分管，工作难度可想而知。要做好涉藏宣传，仅仅依靠当地宣传部门和各级机关提供的新闻线索是远远不够的。若要做到既能统筹兼顾又能节约成本，信息员队伍的建立无疑成为最佳的选择。从以往工作的经验来看，这些设立在基层的千里眼、顺风耳在应对突发事件的宣传工作中起到了至关重要的作用。以 2011 年 9 月印度地震波及西藏亚东受灾以及 2012 年 2 月因强降雪导致西藏日喀则地区受灾的突发事件为例，面对一时无法获取相关部门提供的受灾信息，记者通过与现场信息员沟通确认后，先后在中国之声《央广新闻》、《中国之声夜新闻》、《新闻纵横》等栏目中播出了《印度北部 6.8 级地震波及西藏，已致亚东县 7 死 23 伤》、《强降雪致西藏部分地区交通通信中断》、《西藏部分地区紧缺药品衣物》等稿件，成为中央驻藏媒体中刊播消息最早的媒体。如果没有新闻信息员的线索提供，那么有可能丧失主动权，抓不住新闻的时效性。因此，建立和健全信息沟通渠道，对于地域辽阔的边疆民族地区从事媒体行业者来说有着不可替代的作用。然而，作为一线记者在建立获取信息渠道的同时也要掌握好鉴别、驾驭信息的能力，养成多方核实信息的习惯，杜绝因误信、误听，造成新闻报道失真的严重后果。

三、做好涉藏宣传，一线记者应注重自身内功的修炼

首先，牢固树立大局意识，把握正确的舆论导向。谈及涉藏宣传，往往使人感觉与社会维稳相关联。这与近代西藏历史以及当代分裂与反分裂斗争的现实状况密不可分。

也正因如此,作为涉藏宣传的媒体从业人员要具有大局意识,能够把握正确的舆论导向,具有较高的政治素养和业务素养。

作为连续4年跟随西藏代表团参加全国两会的记者,每年的西藏代表团团组开放日往往引来众多的境外媒体,而关注的焦点不外乎西藏的生态、民生、社会局势以及十四世达赖喇嘛等问题,都是些老生常谈的话题。暂且不论和平解放以来西藏社会发展以及改善民生取得的成效,单从近两年的情况来看,2011年西藏籍应届大学生就业率达99%,基本实现全就业,适龄儿童入学率达到99.4%,2012年西藏义务教育免费"三包"政策延伸扩大到15年;社会保障制度实现全覆盖,参保人数达到184万多人次。一串串跳动的数字间,承载着西藏民生工作取得的卓越成效。除此之外,为了保护西藏的生态环境,国家历年投入大量的资金建立了47个自然保护区和21个生态功能保护区,保护区面积占西藏土地面积的34.5%,居全国之首,西藏仍然是全球生态环境最好的地区之一。然而,缺乏了解实情的西方世界,由于长期蒙受反华势力的反面宣传,居然将十四世达赖喇嘛视为西藏的代言人,无端污蔑中国政府。作为涉藏宣传的媒体人,我们应该加强涉藏宣传力度、注重宣传策略,使涉藏宣传常态化。与此同时加强记者的职业素养,发挥广播音效的特色优势将西藏群众的心声传递到世界各地,让人们了解真实、客观的西藏,为西藏的稳定与发展奠定良好的舆论氛围。

其次,加强记者的语言组织能力。中国之声节目的改版以及记者现场播报新闻方式的推出，极大地发挥了广播媒体的“快捷”优势，突破了以往重大事件特定时间段播出的限制。以突发事件报道为例，从发生新闻到记者赶往现场了解情况，一天的连线量达到十几个。这种记者依靠移动介质在新闻一线讲解事件来龙去脉的播报形式，对一线记者短时间内获取信息能力、语言组织能力、整合新闻能力以及理顺思维都提出了新的要求。

除此之外，作为广播记者我们还要具备敏锐的新闻意识和透过线索挖掘背后新闻的火眼金睛。要练就一身硬功，就要俯下身、沉下心来，不但要读万卷书还要行万里路。新华社解放军分社社长贾永曾经说过，优秀的报道总是“一头系着中南海，一头连着大杂院”，而优秀的记者必定是“从群众中来，到群众中去”的实践者。“如果照片拍得不够好，那是因为离炮火不够近。”这是战地摄影师罗伯特·卡帕的一句名言，曾被千千万万的战地记者奉为职业圭臬。然而在一些新闻机构依然存在贴近报纸、剪刀、网络的“三贴近”新闻采编状况。本人并非否认摘抄报纸、网络的可行性，但是作为一线记者我们不应该成为闭门造车的工匠，而应该担当起感悟群众冷暖、记录历史点滴、助推时代发展的传扬者和记载者。

日益激烈的媒体竞争，机遇大于挑战。作为新一代涉藏宣传的广播记者，我们要勤修内功，广开信息沟通渠道，为更好地完成涉藏宣传报道任务做出我们应有的贡献。

（2012 年《中国广播》）

探析新时期做好涉藏舆论监督的重要性

罗布次仁

从1951年西藏和平解放到1959年实行民主改革运动,使百万农奴从三大领主的依附下解放出来,成为新社会的主人,这段历史无疑是新旧西藏社会的分水岭。综观西藏社会变迁的阶段,正是由于这一伟大的社会变革,不仅使西藏社会制度实现了从封建农奴制到社会主义的大跨越,也使西藏经济建设和社会发展取得了前所未有的历史性大跨越。在日常的新闻宣传或者相关作品中,我们不难发现人们往往用“新旧西藏两重天”的字眼来表述这一变革。尤其是近几年来随着对外开放力度的不断加大,基础设施条件的逐步改善、城镇化步伐的加快以及传统农牧业向现代特色产业的转型,西藏进入了新一轮的发展期。面对新的历史时期,西藏工作也面临着众多的发展难点纠结着各种社会矛盾。在这样的背景下,如何做好新时期涉藏舆论监督,促进党和政府的工作,有效地推动西藏工作、稳定西藏社会局面,不仅有着很强的理论意义,也有着极其重要的实践意义。

一、新闻舆论监督的基本认识及涉藏舆论监督的现状

1. 新闻舆论监督的定义

新闻舆论监督是中国现阶段舆论监督的主要和常见的形式。从1978年党的十一届三中全会至今，随着我国社会的不断进步和新闻事业的快速发展，舆论监督已成为行政监督和法律监督之外的又一个重要监督手段。从本质来讲，新闻舆论监督是一种借助于新闻传媒所传播的事实而形成的公众舆论，对宪法和法律的实施、党和政府方针政策的贯彻以及对干部特别是领导干部的行为所进行的监督。其所凭借的并不是带有强制性的行政权力，也不是法律法规的威慑力，而是由事实的广泛传播所形成的舆论力量，动用舆论力量干预社会生活。新闻舆论监督虽然只是对社会的一种“软控制”，但威力却是巨大的。

2. 我国舆论监督的历程

综观我国近现代历史，我们不难发现我国有着舆论监督的悠久历史和良好传统。19世纪80年代《旧京醒世画报》的问世，形成了舆论监督的雏形，此后梁启超的《论报馆有益于国事》则被看作是近代舆论监督理论的开端。新中国成立以来，党和政府历来十分重视新闻舆论监督。1950年4月19日，中共中央专门作出《关于在报纸刊物上展开批评与自我批评的决定》；1954年7月17日，中共中央在《关于改进报纸工作的决议》中再次强调：“报纸是党用来开展批评与自我批评的最尖锐的武器”；1987年，中共十三大分析了社会主义民主政治的历史趋势和内在要求后提出“舆论监督”的新概念。除此之外，中共中央发布的

《中国共产党党内监督条例(试行)》规定,在党的领导下新闻媒体要按照有关规定和程序,通过内部反映或公开报道,发挥舆论监督作用。这是我党第一次把舆论监督写进党的规章制度,对我们在新的历史条件下正确开展新闻舆论监督具有重要而深远的意义。这种由浅入深的阶段,反映了新闻舆论监督在我国越来越受到重视。

3. 涉藏新闻舆论监督的现状

谈及涉藏新闻舆论监督,要从涉藏新闻宣传的内外环境来加以分析。在本文开头处我们采用“敏感”、“谨慎”的字眼,对涉藏宣传报道进行了归纳。综观社会变迁的轨迹,无论在过去还是在今天,西藏都是复杂和敏感的民族地区之一。从17世纪中期西方帝国主义殖民主义的兴起,分裂与反分裂斗争一直伴随着西藏。特别是1959年西藏实行民主改革以来,以十四世达赖为首的反动集团不甘心失败,联合西方反华势力充当起分化、西化、图谋西藏独立的政治工具,企图把西藏从中国分离出去。由于错综复杂的历史和政治因素,使得西藏问题变得格外的敏感,涉藏宣传也因此显得极其谨慎。

在内地舆论监督日渐盛行的当代,涉藏舆论监督没有因为敏感而停滞不前,而是在摸索中探寻。90年代,西藏电视台藏语频道开设了抨击时弊、抑恶扬善为理念的《透视窗口》栏目,为更好地开展新闻舆论监督工作奠定了基础。虽然该栏目播出一段时间后停播,但其意义不可小觑。如今西藏影视文化频道开办的《今晚九点》栏目,在传承批判揭露社会不良行为的同时,将镜头对准了社会底层群众的点滴冷暖以及市民生活生产当中遇到的困难，成为政府与群众相互沟通的纽带。这种具有舆论监督特点栏目的开办，虽然其报道份量不足、触角延伸有限，但对于监督政府的服务效能和执行力方面起到了一定的作用。除此之外，随着移动通信科技的日新月异，微博、微信等信息传播手段的快速多样化，群众参与社会管理更加便捷。2011 年 11 月 31 日，拉萨市政府召开了神力时代广场施工情况的新闻发布会，这一发布会的缘由便是当时在建的拉萨神力时代广场项目离布达拉宫、大昭寺较近，引起了市民对工程抽取地下水是否会造成地面沉降和水位下降，以及对周边古建筑是否构成威胁的热议。科技发展的变化促进了舆论监督从机构层面逐步走向民间化，监督范畴也从个别群体的利益维权向大众化社会问题的转化。2013 年 4 月 13 日，拉萨河截流鱼类搁浅的微信在市民中流传，众多市民获悉这一情况后便参与到救鱼行动中，一时产生了较大的社会影响。面对公众舆论，拉萨市及时采取增加导流渠，加宽导流口等措施并于 4 月 14 日下午召开新闻发布会向公众客观、全面地公开了这一事件。如此快速应对公众舆论的做法，在过去的西藏新闻宣传工作中并不常见。针对公众日益增强的信息获取欲望，为了有效疏导社会热点、敏感问题，近年来西藏各级部门逐步建立健全新闻发言人机制，召开新闻发布会的次数比以往明显增多。这一机制的建立运行，对于引导社会舆论，保障公众的知情权起到良好的效果，同时也进一步强化了政府工作的透明度。

从上述案列中不难发现，尽管涉藏新闻舆论监督与内地省市横向相比显得单薄、缺乏力度，但从纵向来看西藏区级媒体新闻舆论监督体系的摸索探寻和群众参与社会管理意识的增强、信息沟通渠道的拓宽以及报纸、广播、电视、网络等综合媒体的成型，为涉藏新闻舆论监督提供了良好的环境。

二、新时期涉藏新闻舆论监督的重要性及产生的效果

2013 年初，习近平总书记在参加十二届全国人大一次会议西藏代表团审议时指出："治国必治边、治边先稳藏"，充分说明了西藏工作的重要性。面对新的历史使命，探讨作为涉藏宣传媒介如何履行舆论监督的职责帮助党和政府促进工作、构建和谐稳定的社会局面，不仅有着很强的理论意义，也有着极其重要的现实意义。

中央人民广播电台原副台长王燕春在《社会转型期的舆论监督》一文中，指出"我们所说的舆论监督的出发点是建设，而不是破坏，更不是新闻单位有意为难谁'对着干'。从本质上来讲，它是割除社会主义肌体中毒瘤病害的解剖刀。作为执政党抓住舆论监督这把刀子，最主动，风险最小，是最有效的自我完善和自我保护。"正如该段描述，官方舆论监督和民间舆论监督在某些时候在某种问题上也存在一定的差距，这就需要新闻媒体的正确引导，不能视而不见。涉藏宣传工作尤其是舆论监督，由于分裂与反分裂斗争的复杂性及维护社会稳定的使命需求，更要注重引导。从西藏的区情来看，全区人口总数的 80% 生活在农牧区，因此基层是西藏社会稳定的根基。然而在实际工作中，我

们有些基层部门和工作人员中出现过在回应民意时，不去耐心引导、梳理，反而套上维稳的帽子进行堵截的现象，这种简单粗暴的工作方法极其不妥很危险。社会转型期，矛盾在所难免，在回应民意的时候多一些倾听疏导，少一些“截”“堵”思维，多置“减压阀”，少用“灭火器”，才能增强政府的公信力。如若长期只满足于空话、套话、假话，那么不仅会给党和政府在群众中的形象抹黑，而且会聚集负面能量给社会加压。涉藏新闻舆论监工作的实践证明，积极主动的舆论监督正是群众表达意见、释放民间舆论的渠道，这种释放有很强的可控性，有利于社会的稳定而不是添乱。2012 年中央人民广播电台西藏记者站针对“十二五”西藏将新建 500 多个乡镇邮政网点使所有乡镇实现全覆盖的政策展开调研，提交了西藏“十二五”乡镇邮政金融服务体系建设难度依然艰巨，自治区政府及有关单位需引起高度重视的调研报告，该报告针对西藏乡镇邮政服务网点因成本高昂运行困难、有些网点出现闲置的现实情况和农牧区群众对网点服务功能不齐全、服务水平低、服务周期长导致不满情绪为依据，对政府下一步网点建设发出了预警。

从舆论监督的实际意义来讲，相对于群众监督的自发性、法律监督的事后性，新闻舆论监督更具预警性。近几年来，西藏记者站针对预警性调研报告在实际运作中产生的影响和作用，加大了采写力度，今年仅上半年就采写了多篇涉及维稳、文物、血液的预警性调研报告，引起了党和国家以及自治区政府的高度重视，很多问题都得到了解决。实践证明，在西藏这样维稳任务艰巨的省区，涉藏舆论监督不能充当马后炮，而要下好先手棋、打好主动仗，帮助党和国家消除隐患，筑牢维护稳定的铁墙铜壁。2012 年光明日报西藏记者站的挂牌成立，实现了中央主要新闻媒体全部落户高原。媒介平台的进一步完善不将在有效促进政府决策的民主化、科学化的同时，门巴将军李素芝、人民的好党员李江龙、雪域雄鹰江勇西绕等典型人物和话剧《农奴泪》等具有浓郁爱国情怀重大题材的推出也为弘扬正气、宣传时代主旋律起到积极作用。

当前西藏社会经济不断进入改革深化期，分裂与反分裂斗争面临新形势、新特点，因而加强新时期涉藏舆论监督工作有着极其重要的理论意义和实现意义，作为涉藏宣传的媒体人，应当肩负起时代赋予的使命履行好党的喉舌职能，为西藏的长治久安添砖加瓦。

（2013 年《中国广播》）

民族地区新闻报道的新征程

德庆白珍

少数民族新闻事业是我国新闻传播事业的重要组成部分,伴随着主流传媒的发展而发展。但受特殊历史、文化、政治等因素影响,少数民族新闻宣传一直具备着其特殊性。这些特殊性在实际新闻传播中,有时还被反映为保守。那么民族新闻的宣传报道究竟能否开放、公开、透明,透明到什么程度?历经“3·14”等连续的重大突发事件,给了我们新的启发,让我们看到了更多的可能。

一、民族新闻的民族特色

关于“民族新闻”,有学者认为,就是以少数民族为报道对象的新闻。包括发生在少数民族中的新闻,发生在少数民族地区的新闻,报道汉族或国外民族涉及少数民族的新闻。但民族新闻并不是民族地区新闻,凡是有关于少数民族的新闻,不限地域、不限民族都应该被视为民族新闻。换言之,凡是民族新闻都应当具备新闻的共性与民族的特殊性。笔者作为一名少数民族记者,从自身的生活和工作经历看,少数民族新闻应有以下特点,这些特点的掌握,对认识民族新闻、做好民族新闻报道很有帮助。

1. 民族政策

党的民族政策涉及少数民族地区政治、经济、文化、宗教等方面，是少数民族新闻宣传所必须遵循的新闻报道纪律。熟悉和把握党的民族宗教政策，记者在采制新闻时就可以避免出现导向性错误，可以较好地把握事件的核心价值。

就西藏来说，她有着悠久灿烂的历史文化，富有浓郁的宗教色彩，历来是国际社会关注度很高的地区。1951 年西藏和平解放以后，国家在西藏实行民主改革，一举推翻封建农奴制度。为了保护西藏独有的文化生活习俗，国家在西藏实行民族区域自治制度，推行适合西藏自治区区情的法律法规与政策制度，在享受宗教信仰自由、学习利用民族语言、环境保护、文物保护等方面，西藏及各省藏区有着明显的特色。

西藏每年都有不少的宗教活动，比如西藏恢复举行“格西拉让”学位考试，又比如第十一世班禅几次回家乡参加法会等等。“格西”考试是藏传佛教传统上的对经过显宗等各学科几十年修行的喇嘛进行学位认定的一种方式。由于特殊原因这种传统佛学考试曾被中断，它的恢复能充分体现党的宗教信仰自由政策在西藏得到全面贯彻落实。如果对这些政策不熟悉，就不能发现其真实的价值，甚至有可能发生导向性错误。

这样的例子在西藏还有很多。有的要与历史、时代背景联系起来。特别是西藏是从封建农奴制度直接过渡到社会主义制度，经济社会起步晚、底子薄，一直是中央关心、全国支援。在这样的情况下，在内地早已不是新闻的事件，在西藏有时又有着不一般的意义。比方医疗方面，中央一直给予人才政策两支援，在全国只有西藏享有这样的优惠政策；西藏的农牧民学生早在1985年就实行“三包”政策；在内地农民为免除农业税而欣喜若狂的时候，西藏的农牧民免交农业税已有许多年了。所以说民族政策的正确理解与运用是民族新闻的一大特色，也是民族新闻是否做好的重要前提。

2. 民族文化

千百年来，在社会历史发展中少数民族创造出了千姿百态的文化，这些文化不仅是民族智慧的结晶，也是各民族精神的体现，必须受到尊重，因为其神圣不可冒犯。正因为如此，了解民族的文化习俗，有利于搞好民族新闻的报道。

比如，在西藏采访寺庙，忌讳经堂里逆时方向参观，忌讳用手指直指佛像等等。了解这些民族文化习俗，就能给采访创造有利的条件。去年“3·14”事件平息以后，为了正面宣传拉萨社会秩序恢复稳定，我们特别组织了拉萨格鲁派三大寺之一的色拉寺恢复开放的报道。尽管当时工作组已在寺里开展了很多工作，恢复了法会，恢复了正常的宗教秩序，但所有参加采访的人都担心万一。进去采访的有藏族记者，也有汉族记者，为了确保采访顺利，不激起僧人的反感，在采访前工作组成员一再告诫记者在经堂里应当注意的事项。进入经堂，记者各自采集时都不要喧哗，尊重经堂的庄严，顺时针参观，再有序退出。这样保障了采访的顺利。在广大农牧区的采访也是一样的。生活中有着许多特殊的习俗，只要了解，就能给采访营造好的条件，这样采制的稿件质量也会更高。

二、民族新闻报道的透明度

长期以来，民族新闻的报道，特别是反映问题的报道总不如内地，更多的是报喜不报忧，使得民族新闻报道的透明度不高。当然这也是受客观因素的影响。在内地如火如荼地发展经济时，少数民族地区还要以稳字当头，为了维护社会稳定，媒体就要不遗余力地正面宣传。

再拿西藏讲，随着这几年经济社会的发展，对外开放的加强，矿产业有了、旅游业发展了，却总有国外一些不了解实情的或者反华敌对势力就开始出来诬蔑我们破坏环境、毁灭文化……我们则总是被动地澄清，有点问题更不敢公开报道，怕引起负面影响，怕人说民族政策落实不到位。从这点看，我们的民族新闻报道相对保守，没有放开。

去年拉萨发生骇人听闻的“3·14”事件。其实早在3月10日拉萨市几大寺庙就有动静，少数僧尼开始滋事。3月14日，事态迅速蔓延升级，不法分子在拉萨市攻击党政机关、医院、油库等，焚烧汽车及沿街商铺，制造了严重的打砸抢烧事件。在我方还未做出任何表态、报道的情况下，外媒却将事件歪曲着铺天盖地报道起来，才有了后来将尼泊尔警察说成中国警察等的事情。好在我方迅速投入到这场新闻报道的战役中，采用回述的方式再现现场，用照片、影像、声音、消息、评论、特写，全力持续地把不法分子的真实面目公之与众，最终将舆论的主声音夺了回来，获取了胜利。这同时让我们思考，倘若在事发第一时间能及时披露藏独的行为，是可以避免更多负面影响和麻烦的。

由于事件初期，我方一贯地实行过于谨慎的新闻政策，使这场战役打得很辛苦，开始时有些被动。但就西藏媒体而言，这是一个全新的开始，是一个大的进步，有几点可以证明。“3·14”事件基本控制后，自治区政府组织全部在藏媒体分别采访了当时在藏的外国人士，让他们讲述他们的所见，这在西藏有关稳定的报道中是第一次；不久，组织外国媒体采访团进藏实地采访，压力之大可想而之，但西藏还是这么做了，也是首次；邀请欧洲议会议员进行参观访问等。这些做法，使得在拉萨“3·14”事件的舆论战役中我们不仅澄清了事实，也赢得了不少外媒的支持。不难看出，民族新闻报道的公开有时能起到更好的传播效果。由此，去年继“3·14”事件后，西藏发生当雄地震、藏东南大范围雪灾的时候，媒体迅速行动，政府不瞒伤亡损失，使西藏突发事件的报道展现了全新的风貌。

信息时代的降临，相对闭塞的民族新闻受到挑战，民族新闻的公开透明度开始变化，民族新闻报道开始了新媒体时代的新征程。作为民族地区的新闻工作者，应当为开放的民族新闻报道做好准备。

（2009年5月《中国广播》）

作者简介

索朗达杰:西藏日喀则市人,现任中央人民广播电台、中国国际广播电台驻西藏记者站副站长、高级记者。

1985年毕业于中央民族学院藏语文专业,同年被分配到中央两台驻西藏记者站工作。曾组织并参加中央台、国际台及西藏自治区的多项在线活动的报道,多篇作品获全国和西藏自治区好新闻奖。1990年被西藏自治区党委、政府授予“平息拉萨骚乱先进个人”称号,1991年被中宣部和国家教委授予“八十年代全国优秀大学毕业生”称号,1996年被国家民委、共青团中央、全国青联授予“全国民族地区杰出青年”称号,2005年被国务院授予“全国民族团结进步模范个人”称号。2011年10月被中共中央宣传部确定为全国宣传文化系统“四个一批”人才。享受国务院颁发的政府特殊津贴。

罗布次仁:西藏日喀则地区江孜县人,中央人民广播电台、中国国际广播电台驻西藏记者站记者。

2001 年进入中央人民广播电台民族中心藏语节目部工作,2008 年 4 月调入中央两台驻西藏记者站。参加过党的十六大、十七大、十八大和西藏民主改革 50、60 周年以及玉树地震紧急救急救援采访报道工作,是西藏站成立以来首个跨省区参与应急报道的记者,并承担过全国“两会”、十一世班禅在藏佛事活动等重大事件报道。数次被评为西藏自治区、中央台、拉萨市先进个人荣誉称号。

德庆白珍:西藏拉萨市人,中央人民广播电台、中国国际广播电台驻西藏记者站记者。

2003 年从西南政法大学毕业后便成为中央台广播军团的一员。先后参加西藏自治区成立 40 周年、青藏铁路通车、西藏民主改革 50 周年及全国“两会”等重大事件报道。连续两年被西藏自治区评为全区宣传系统先进个人,2008 年被选为中央台奥运火炬手,2009 年被评为全国优秀新闻工作者,2010 年作为中央台青年记者代表在中央台 70 周年庆祝大会发言。参与采写、制作的多篇重要报道获得中国新闻奖、五四新闻奖和中国广播电视新闻奖等奖项。采写的内参曾获温总理、西藏自治区党委书记张庆黎批示。